JEAN GIRAUDOUX

# Amphitryon 38

KOMÖDIE IN DREI AKTEN



AUS DEM FRANZÖSISCHEN ÜBERTRAGEN VON ROBERT SCHNORR

MIT EINEM NACHWORT VON HELMUT MÖCK

PHILIPP RECLAM JUN. STUTTGART

Originaltitel: Amphitryon 38

Uraufführung: 8. November 1929 in der Comédie des Champs Elysées; Inszenierung: Louis Jouvet.

Universal-Bibliothek Nr. 9436 [2]

Satz: Graphische Kunstanstalt Walter Huber, Ludwigsburg
Druck und Bindung: Reclam, Ditzingen. Printed in Germany 1988
ISBN 3-15-009436-4

## PERSONEN

Jupiter
Merkur
Sosias
Der Trompeter
Der Krieger
Alkmene
Amphitryon
Ekklissa
Leda
Das Echo
Die himmlische Stimme
Die Tänzerinnen

# ERSTER AKT

*Terrasse vor einem Palast.*

## ERSTE SZENE

*Jupiter. Merkur.*

Jupiter. Da ist sie, Merkur, sie ist da!

Merkur. Wo denn, Jupiter?

Jupiter. Siehst du, dort, das erleuchtete Fenster, der Wind bewegt seinen Vorhang ... Da ist sie ... Alkmene! – Nur keine Bewegung! Gleich wird vielleicht ihr Schatten vorübergleiten.

Merkur. Mir genügt schon der Schatten. Aber ich staune, daß Jupiter einer sterblichen Frau zuliebe seinen göttlichen Gaben entsagt und eine Nacht zwischen Kaktus und Dorn vergeudet, nur um Alkmenens Schatten auszuspähen, während er doch mit den Götteraugen mühelos Mauern und Wände durchdringen könnte, nicht zu reden von ihren Gewändern ...

Jupiter. Und sie berühren mit Händen, die sie nicht sieht? Und an mich reißen in eine Umarmung, die sie nicht spürt?

Merkur. Auch der Wind liebt nicht anders, und dennoch ist er, gleich Ihnen, ein Vorbild an Fruchtbarkeit.

Jupiter. Was weißt denn du von irdischer Liebe, Merkur!

Merkur. Sie nötigen mich zu oft, Menschengestalt anzunehmen, als daß ich nichts davon wissen sollte. Auf Ihren Spuren bin ja auch ich schon manches Mal sterblich verliebt gewesen. Aber um da zum Ziele zu kommen, muß man der Dame erst zu gefallen suchen, dann sie ausziehen, dann wieder anziehen; schließlich, um von ihr loszukommen, muß man ihr wieder mißfallen ... Das ist alles recht umständlich.

Jupiter. Ich fürchte, du hast keine Ahnung von der strengen Ordnung der Liebe auf Erden. Einzig aus ihrer genauen Befolgung erwächst der Genuß.

Merkur. Ich kenne die Gebräuche.

Jupiter. Erst folgst du ihr nach, der Sterblichen, mit einem stolzen Schritt, der auf den ihren so abgestimmt ist, daß sich die Füße harmonisch heben und senken, wodurch in beiden Körpern ein Reiz und ein Rhythmus entspringt...

Merkur. Selbstverständlich; das erste Gebot.

Jupiter. Dann springst du vor; deine Linke umfaßt ihre Brust, Sitz aller Tugenden und aller Schwäche, und mit der Rechten bedeckst du die Augen, daß ihre Lider, diese empfindlichste Stelle der Haut einer Frau, aus der Wärme und den Linien deiner Hand erst dein Begehren lesen, dann aber auch dein Schicksal und deinen künftigen bitteren Tod – denn ganz gewinnt eine Frau nur der, der eine Spur ihres Mitleids gewinnt...

Merkur. Die zweite Regel; ich kenne sie auswendig.

Jupiter. Schließlich, hast du sie so erobert, lösest du ihr den Gürtel und bettest sie auf ihr Lager, mit oder ohne Kissen unter dem Kopf, je nach der Kraft und Fülle ihres Blutes.

Merkur. So und nicht anders; das ist das dritte und letzte Gebot.

Jupiter. Und danach, was dann? Was empfindest du?

Merkur. Dann? Was ich empfinde? Nun, nichts Besonderes – ganz dasselbe wie bei Venus!

Jupiter. Ja, wieso kommst du dann auf die Erde?

Merkur. Wie die richtigen Menschen auch, aus Bequemlichkeit. Mit ihrer dichten Atmosphäre und ihren Rasenflächen ist sie doch der Planet, wo sich's am hübschesten landen und rasten läßt – wenn auch freilich ihre Metalle, ihre Öle und Lebewesen etwas anrüchig sind, und trotz dieses Wildgeruchs, der sie von all den andern Sternen unterscheidet.

Jupiter. Da, sieh auf den Vorhang! Sieh doch!

Merkur. Ich sehe schon. Das ist ihr Schatten.

Jupiter. Nein. Noch nicht. Das da ist nur das Unwirklichste, was dieses Gewebe von ihr zu fassen vermag, Alkmenens ungreifbarstes Teil – der Schatten ihres Schattens.

Merkur. Sieh an, der Schattenriß reißt entzwei! Es waren zwei, die sich umschlungen hielten! Nicht Jupiters Sohn hat den Schatten so anschwellen lassen, es war bloß der Gatte! Denn das ist er doch, jedenfalls möchte ich's für Sie hoffen, der Riese da, der jetzt abermals auf sie zutritt und sie noch einmal küßt?

Jupiter. Ja, das ist er, Amphitryon, ihre einzige Liebe.

Merkur. Jetzt begreife ich, Jupiter, warum Sie Ihr göttliches Augenlicht abgelegt haben. Einen Schattenmann den Schatten der Gattin umhalsen sehen, das ist natürlich weniger peinlich, als leibhaftig mitzuerleben, wie bunt sie es treiben!

Jupiter. Da, Merkur, da ist sie – lebensfroh, verliebt...

Merkur. Und begabt, wie es scheint.

Jupiter. Und feurig.

Merkur. Und ich wette, jetzt wunschlos glücklich.

Jupiter. Und treu.

Merkur. Treu dem Gatten oder sich selbst, das ist die Frage.

Jupiter. Fort ist der Schatten. Nun ruht wohl Alkmene, selig ermattet, hingegeben dem Sang dieser Nachtigallen, der Glücklichen!

Merkur. Lassen Sie Ihre Eifersucht nicht abirren, Jupiter. Sie wissen doch, welche belanglose Rolle diese Vögel im Liebesleben der Frauen spielen. Zwar haben Sie sich, einer Frau zu Gefallen, zuzeiten in einen Stier verwandelt, aber noch niemals in eine Nachtigall. Nein, nein, die Gefahr liegt allein in der Gegenwart des Gatten dieser blonden Schönheit!

Jupiter. Wie kannst du wissen, daß sie blond ist?

Merkur. Blond ist sie und rosig, das Gesicht überglänzt von Sonne, ihre Brust wie von Morgenröte; und nur da, wo es angebracht ist, liegt schwarze Nacht.

Jupiter. Du phantasierst – oder hast du geguckt?

Merkur. Ich habe nur vorhin, als sie im Bad war, auf einen Augenblick meine himmlischen Augen zu Hilfe genommen... Zürnen Sie nicht. Ich bin ja schon wieder kurzsichtig.

Jupiter. Du lügst! Ich sehe es dir an. Du siehst sie noch! Es gibt ein Leuchten, selbst auf dem Gesicht eines Gottes, das kann nur Abglanz einer Sterblichen sein. Ich bitte dich, rede! Was tut sie?

Merkur. Es ist wahr, ich sehe sie...

Jupiter. Ist sie allein?

Merkur. Sie beugt sich über Amphitryon auf seinem Lager. Sie hebt seinen Kopf, sie lacht. Sie küßt ihn, jetzt läßt sie den Kopf wieder sinken, so schwer hat ihn dieser Kuß gemacht... Da, jetzt sehe ich sie von vorn. Oh, ich hatte mich doch getäuscht! Sie ist ganz und gar blond.

Jupiter. Und ihr Mann?

Merkur. Dunkel, ganz dunkel, die Brustspitzen aprikosenfarben.

Jupiter. Was er macht, will ich wissen.

Merkur. Er streichelt sie, wie man ein Fohlen streichelt... Übrigens wird er als ein vortrefflicher Reiter gerühmt.

Jupiter. Und Alkmene?

Merkur. Sie ist geflüchtet, mit weiten Sprüngen. Sie ergreift eine goldene Schale, jetzt kommt sie verstohlen zurück, sie will ihn mit kühlem Wasser besprengen... Wollen Sie's nicht in eiskaltes verwandeln...?

Jupiter. Daß er sich aufregt? Nur nicht!

Merkur. Oder in kochendheißes.

Jupiter. Mir wäre, als verbrühte ich nicht ihn, sondern Alkmene; so sehr lebt eine Frau, die liebt, in ihrem Gatten.

Merkur. Und was gedenken Sie mit dem Teil Alkmenens zu tun, der nicht Amphitryon ist?

Jupiter. Umarmen will ich ihn, ihn befruchten!

Merkur. Aber durch welches Verfahren? Hauptschwierigkeit bei den ehrbaren Frauen ist ja nicht das Verführen, sondern vielmehr das Verbringen an einen verschlossenen Ort. Ihre ganze Tugend lebt von angelehnten Türen.

Jupiter. Was schlägst du vor?

Merkur. Menschlicher oder göttlicher Vorschlag?

Jupiter. Und was wäre der Unterschied?

Merkur. Göttlicher Vorschlag: sie zu uns erheben, auf Wolken betten und sie danach, abermals erdenschwer, wieder entlassen, einen Halbgott unter dem Herzen.

Jupiter. Das brächte mich um den schönsten Augenblick einer Frauenliebe.

Merkur. Gibt es da mehrere? Welchen?

Jupiter. Den des Gewährens.

Merkur. Dann bleibt nur der menschliche Weg: zur Tür hinein, durchs Bett hindurch, zum Fenster hinaus.

Jupiter. Aber sie liebt allein ihren Gatten.

Merkur. So nehmen Sie seine Gestalt an.

Jupiter. Er ist ja immer zu Haus! Er verläßt den Palast überhaupt nicht mehr. Es gibt nichts Häuslicheres, abgesehen vielleicht von den Tigern, als diese siegreichen Feldherren, die sich auf ihren Lorbeeren ausruhen!

Merkur. Sie müssen ihn eben entfernen. Es gibt ein unfehlbares Mittel, Feldherrn vom Lager zu locken.

Jupiter. Krieg?

Merkur. Lassen Sie Theben mit Krieg überziehen.

Jupiter. Theben lebt mit allen Feinden in Frieden.

Merkur. Lassen Sie ihm den Krieg erklären durch ein befreundetes Land... Dergleichen Gefälligkeiten erweist man sich gern, unter Nachbarn... Vergessen Sie nicht: wir sind Götter... Das Abenteuer, das den Menschen winkt, gegen uns sperrt sich's, verschließt es sich. Fortuna fordert von uns auf Erden viel mehr als von den Menschen... Wir müssen schon Zeichen und Wunder zu Tausenden türmen, um einer Alkmene die kurze Weile abzugewinnen, die dem täppischsten sterblichen Liebhaber für ein paar Grimassen zuteil wird... Schaffen Sie einen Bewaffneten, der den Krieg verkündet... Versetzen Sie Amphitryon sogleich an die Spitze seiner Armeen, nehmen Sie seine Gestalt an und verleihen Sie mir, sobald er abgerückt ist, die des Sosias: dann werde ich Alkmene insgeheim wissen lassen, Amphitryon habe nur zum Schein Abschied genommen, um alsbald zurückzukehren und die Nacht im Palast zu verbringen... Sehen Sie, da stört man uns schon. Verstecken wir uns... Nein, bitte keine Sonderwolke, Jupiter! Hier unten hat man es leichter; wer sich den Gläubigern entziehen will, den Eifersüchtigen, den Neidern, ja selbst den eigenen Sorgen, hilft sich mit dieser großartigen demokratischen Einrichtung – der einzigen geglückten übrigens – der sogenannten Nacht.

## ZWEITE SZENE

*Sosias. Der Trompeter. Der Krieger.*

Sosias. Bist du der Trompeter vom Tage?

Trompeter. Ja, mit Verlaub. Und du, wer bist du? Dein Gesicht erinnert mich an jemand, den ich kenne.

Sosias. Das sollte mich aber wundern; ich bin Sosias. Worauf wartest du? Blase!

Trompeter. Was steht in deiner Proklamation?

Sosias. Das wirst du gleich hören.

Trompeter. Habt ihr etwas verloren?

Sosias. Nein, im Gegenteil, wiedergefunden. Nun blas schon!

Trompeter. Meinst du, ich kann blasen, solang ich nicht weiß, worum es sich handelt?

Sosias. Was willst du machen? Du hast nur einen Ton auf deiner Trompete.

Trompeter. Ich habe nur einen Ton, aber ich komponiere. Hymnen.

Sosias. Hymnen auf einen Ton? Komm, beeile dich. Orion erscheint.

Trompeter. Orion, ja; aber du mußt wissen, daß ich in Trompeterkreisen berühmt bin, und zwar, weil ich vor dem Blasen, mit der Trompete am Munde, erst eine Melodie erfinde, eine lautlose Melodie, deren Schlußton mein Ton wird. Das gibt ihm erst seinen Wert, unter Kennern.

Sosias. Genug geredet, die Stadt geht schon schlafen.

Trompeter. Schlafen, ja; aber wie gesagt, meine Kollegen werden darüber gelb vor Neid. Ich habe gehört, sie üben sich jetzt in den Trompeterschulen nur noch darin, die Qualität ihres Schweigens zu verfeinern. Also sage mir, um welchen Fundgegenstand es sich handelt, daß ich mein stummes Lied danach komponiere.

Sosias. Es handelt sich um den Frieden.

Trompeter. Um welchen Frieden?

Sosias. Was man so Frieden nennt, die Zeit zwischen zwei Kriegen. Jeden Abend läßt mich Amphitryon eine Proklamation an die Thebaner verlesen. Die Gewohnheit hat er noch aus dem Feldzug. Statt der Tagesbefehle gibt er jetzt Nachtbefehle heraus. Was gegen Mückenstiche zu tun ist, gegen Blattläuse, Blitzschlag und Schluckauf. Über den Städtebau, über die Götter. Ratschläge zu allen möglichen dringenden Fragen. Und heute über den Frieden.

Trompeter. Aha. Also etwas Gewaltiges, Erhabenes? Paß auf.

Sosias. Nein, etwas Flüchtiges.

*(Der Trompeter setzt die Trompete an den Mund, schlägt mit der Hand einen flotten Takt, endlich bläst er.)*

Sosias. Und nun zu uns.

Trompeter. Man wendet sich aber zum Volk, wenn man eine Rede verliest, und nicht zum Verfasser.

Sosias. Bei einem Staatsmann ist das etwas anderes. Außerdem schläft da unten schon alles. Nicht ein einziges Licht zu sehen. Deine Trompete hat nicht gewirkt.

Trompeter. Wenn sie nur meine stumme Hymne gehört haben; das soll mir genügen...

Sosias *(feierlich)*. O Thebaner! Hört meine Proklamation, die einzige, die ihr im Bett hören dürft, für die sich's nicht lohnt, euch aus dem Schlaf zu reißen! Mein Herr, euer Fürst und Feldherr Amphitryon, will zu euch vom Frieden sprechen... Was gibt es Schöneres als den Frieden? Was Schöneres als einen General, der im Frieden der Nacht von dem Frieden der Waffen spricht?

Trompeter. Als einen General?

Sosias. Halt den Mund.

Trompeter. Zwei Generale.

*(Hinter Sosias, Stufe um Stufe die Treppe ersteigend, die zur Terrasse hinanführt, wächst eine riesige Gestalt aus dem Boden: ein Krieger in Waffen.)*

Sosias. Schlaft, Thebaner! Es schläft sich gut auf einer Heimaterde, in deren Eingeweiden nicht der Krieg wühlt, auf Gesetzen, die nicht bedroht sind, unter Vögeln, Hunden, Katzen, Ratten, die nicht wissen, wie Menschenfleisch schmeckt. Es ist so gut, das angeborne Gesicht nicht mehr als Maske zu tragen, eine entsetzliche Fratze für jene, die an Haut und Haaren anders sind, sondern einfach als das Oval, das sich am besten eignet, Lachen und Lächeln zu zeigen. Es ist so gut, statt Sturmleitern aufzuentern, den Gipfel des Schlafs zu erklimmen, auf dem Weg über Frühstück, Mittag- und Abendbrot; es ist gut, in der eigenen Brust unbedenklich den freundlichen Bürgerkrieg der Gefühle, Neigungen, Träume zu führen!... Schlaft! Gibt's eine schönere Rüstung als eure Leiber, waffenlos und nackt, ausgestreckt auf dem Rücken, mit ausgebreiteten Armen, unbeschwert bis auf den Nabel?... Niemals war eine Nacht so klar, so duftend, so sicher wie diese... Schlaft.

Trompeter. Also schlafen wir.

*(Der Krieger ersteigt die letzten Stufen und nähert sich.)*

Sosias *(zieht eine Rolle hervor und liest).* Am Oberlauf des Ilissus haben wir einen Gefangenen gemacht, einen Rehbock, der von den Thrakern zu uns übergewechselt ist... Unseren Fußtruppen ist es gelungen, zwischen Olymp und Taygetos grüne Rasenflächen, künftige Kornfelder, aus dem Boden zu stampfen. Wir haben zwei Hilfsvölker Bienen gegen das Pfeifenkraut ausschwärmen lassen... Am Strand der Ägäis beklemmt der Anblick von Wellen und Sternen nicht mehr das Herz, und auf den Inseln haben wir tausend geheime Botschaften abgefangen, von Tempeln an Sterne, von Bäumen an Häuser, von Tieren an Menschen, die zu entziffern unsre Gelehrten Jahrhunderte brauchen werden... Uns drohen Jahrhunderte Frieden...! Verflucht sei der Krieg!

*(Der Krieger steht hinter Sosias.)*

Krieger. Was sagst du da?

Sosias. Ich sage nur, was in meiner Rolle steht: Verflucht sei der Krieg!

Krieger. Weißt du, zu wem du das sagst?

Sosias. Nein.

Krieger. Zu einem Krieger!

Sosias. Es gibt verschiedene Arten von Krieg!

Krieger. Nicht von Kriegern... Wo ist dein Herr?

Sosias. Dort in dem Zimmer, dem einzigen, wo noch Licht brennt.

Krieger. Der tapfere Feldherr! Studiert er seine Schlachtpläne?

Sosias. Gewiß doch! Er läßt sie nicht aus den Händen, er geht mit ihnen zu Bett.

Krieger. Was für ein großer Stratege...

Sosias. Er streichelt sie, er hängt mit den Lippen an ihnen.

Krieger. Das sind die neuen Vorschriften. Bring ihm sofort diese Botschaft: er soll sich ankleiden, er soll sich eilen! Sind seine Waffen in Ordnung?

Sosias. Etwas angerostet vielleicht, aber sie hängen an blanken Nägeln.

Krieger. Was zögerst du noch?

Sosias. Kannst du nicht bis zum Morgen warten? Selbst seine Pferde haben sich heute zum Schlafen niedergelegt. Sie ruhen auf ihren Flanken wie die Menschen, so tief ist der Friede. Die Wachhunde schnarchen im hintersten Winkel des Zwingers, auf dessen Dach die Ohreule hockt.

Krieger. Es ist immer falsch, wenn die Tiere dem Frieden der Menschen trauen.

Sosias. Horch! Von den Feldern und von der See, überallher tönt das Raunen, das die alten Leute das Echo des Friedens nennen.

Krieger. Und gerade dann bricht der Krieg aus!

Sosias. Der Krieg!

Krieger. Die Athener haben ihre Truppen zusammengezogen und die Grenze überschritten.

Sosias. Du lügst, die Athener sind unsre Verbündeten!

Krieger. Man kann es auch so sagen. Also unsre Verbündeten haben uns überfallen. Sie nehmen Geiseln. Sie foltern sie. Wecke Amphitryon!

Sosias. Wenn es nur der Schlaf wäre, aus dem ich ihn reißen muß! Aber es ist das Glück! Wirklich ein Jammer: gerade am Tage der Proklamation über den Frieden!

Krieger. Die hat doch keiner gehört. Geh. Und du bleibst hier. Blase deine Trompete...

*(Sosias geht ab.)*

Trompeter. Worum handelt es sich?

Krieger. Um den Krieg!

Trompeter. Aha. Also etwas Gewaltiges, Erhabenes?

Krieger. Nein, etwas Junges, Blutjunges.

*(Der Trompeter bläst.)*

Krieger *(steht über die Balustrade gebeugt und ruft).* Wacht auf, Thebaner! Hört meine Proklamation, die einzige, bei der ihr nicht schlafen dürft! Ihr alle, deren Leiber stark und ohne Fehler sind, löst euch vor meinem Ruf aus dieser keuchenden, schwitzenden Masse, die in der Nacht ineinanderfließt. Auf! Erhebt euch! Greift zu den Waffen! Gebt eurem Körper sein wahres Gewicht, setzt ihm dies reine Metall zu, damit die rechte Legierung entsteht, die der Mensch Mut nennt. Was das heißt? Das heißt Krieg!

Trompeter. Wie sie schreien!

Krieger. Das heißt Gleichheit, das heißt Freiheit, das heißt Brüderlichkeit: das heißt Krieg! Ihr Armen alle, die Fortuna vernachlässigt hat, kommt und rächt euch dafür an den Feinden! Ihr Reichen alle, kommt und erfahrt den höchsten Genuß, den es gibt: das Schicksal eurer Reichtümer, Freuden, Hetären an das Schicksal eures Vaterlands zu wagen! Ihr Spieler, kommt und spielt um euer Leben! Ihr Frevler und Sünder, der Krieg gestattet euch alles! Kommt und wetzt eure Waffen an den Bildern der Götter, trefft eure Wahl unter den Gesetzen, unter den Weibern! In die Gräben, ihr Faulen: der Krieg ist der Triumph der Faulheit! Ihr Fleißigen, euch winkt der Nachschub! Ihr, die ihr euch nach schönen Kindern sehnt: bedenkt, ein Mysterium will, daß nach jedem Krieg mehr Knaben als Mädchen geboren werden, außer unter den Amazonen... Ah, in der Hütte dort unten seh ich die erste Lampe, die das Kriegsgeschrei angesteckt hat... Da die zweite, die dritte, alle entzünden sie sich. Erste, schönste Feuersbrunst des Krieges, die die Linie der Geschlechter entflammt!... Auf, erhebt euch, sammelt euch! Denn wer wollte dem Ruhm, für das Vaterland Hunger zu leiden, Durst zu leiden, im Schlamm zu versinken, zu sterben, die Aussicht vorziehn, daheim zu bleiben, fern dem Kampf in der Fülle und Ruhe...

Trompeter. Ich.

Krieger. Außerdem habt ihr nichts zu fürchten. Der Bürger überschätzt die Gefahren des Krieges. Man hat mir versichert, daß dieses Mal endlich Wahrheit wird, was jeder Soldat sich beim Ausmarsch erträumt: daß durch göttliche Fügung von Umständen auch nicht einer fallen wird und daß die Wunden alle nur den linken Arm treffen werden, außer bei den Linkshändern. Vorwärts, Kinder des Vaterlandes, formiert die Kohorten!... Das ist das größte Verdienst des Staates: daß er die versprengten Einzelnen geeint hat, so daß der Krieg an Stelle des Zweikampfs treten konnte. Oh, wie der Friede sich schämt, der für den Tod Greise aufbieten muß, Kranke und Sieche, wenn er sieht, wie der Krieg zum letzten Gang nur kräftige Männer antreten läßt, die auf dem höchsten Gipfel der Gesundheit stehen... So ist es recht: eßt, trinkt einen Schluck vor dem Aufbruch... Oh, wie wohl tut dem Gaumen dieser letzte Rest Hasenpastete, begossen mit weißem Wein, zwischen der weinenden Frau und der Schar der Kinder, die aus dem Bett steigen, eins nach dem andern, vom Ältesten bis zum Jüngsten, so wie sie einst aufgestiegen sind aus dem Nichts! Krieg, sei gegrüßt!

Trompeter. Da ist Sosias!

Krieger. Ist dein Herr bereit?

Sosias. Er ist es. Nur meine Herrin ist es nicht ganz. Für den Krieg ist man schneller gerüstet als für die Trennung.

Krieger. Gehört sie auch zu den Frauen, die weinen?

Sosias. Zu denen, die lächeln. Aber eine Frau ist leichter von Tränen geheilt als von einem solchen Lächeln. Da kommen sie...

Krieger. Vorwärts!

*(Sie gehen ab.)*

## DRITTE SZENE

*Alkmene. Amphitryon.*

Alkmene. Ich liebe dich, Amphitryon.

Amphitryon. Ich liebe dich, Alkmene.

Alkmene. Das ist ja das Unglück! Wenn wir uns beide nur eine Spur hassen könnten, dann wäre diese Stunde nicht ganz so traurig.

Amphitryon. Es läßt sich nicht länger verheimlichen, Liebste: wir hassen uns ganz und gar nicht.

Alkmene. Du, der du hier bei mir immer so abwesend bist, ohne zu ahnen, was für eine ideale Frau du hast: wirst du nun, wenn du mir fern bist, endlich an mich denken? Versprich es mir!

Amphitryon. Ich tue es jetzt schon, Geliebte.

Alkmene. Sieh den Mond nicht so an. Ich bin eifersüchtig auf Luna. Was kann sie dir schon geben – dieses aufgeblasene leere Gesicht!

Amphitryon. Und was dieser blonde Kopf?

Alkmene. Zwei Geschwister, Duft und Erinnerung... Oh! Du hast dich rasiert? Rasiert man sich neuerdings für den Krieg? Meinst du, du wirkst so viel schrecklicher, mit gepudertem Kinn?

Amphitryon. Ich verlasse mich auf meinen Helm. Sein Visier trägt das Bild der Meduse.

Alkmene. Das ist aber auch das einzige Frauenporträt, das ich dir gestatte. Oh, du hast dich geschnitten, du blutest! Laß mich an dir das erste Blut dieses Krieges trinken... Trinkt ihr noch euer Blut, unter Feinden?

Amphitryon. Auf unsre gegenseitige Gesundheit, ja.

Alkmene. Mach keine Späße. Schließ einmal dein Visier, daß ich dich mit den Augen eines Feindes betrachte.

Amphitryon. Sei auf das Schlimmste gefaßt! Du wirst schaudern...

Alkmene. Wie wenig schrecklich ist die Meduse, wenn sie mit deinen Augen blickt!... Findest du das reizvoll, diese Art Schlangenlocken?

Amphitryon. Das sind Vipern, aus Gold getrieben.

Alkmene. Aus echtem Gold?

Amphitryon. Aus gediegenem Gold, und die Steine sind zwei Smaragde.

Alkmene. Du bist mir ein schöner Ehemann, so mit der Kriegsfurie zu kokettieren! Für sie hast du Gold und Juwelen und glatte Wangen. Mir kommst du mit Bartstoppeln und Glasperlen! Und deine Beinschienen, woraus sind die?

Amphitryon. Aus Silber. Und eingelegt mit Platin.

Alkmene. Drücken sie dich nicht? Deine stählernen Beinschienen sind sicher viel bequemer zum Laufen.

Amphitryon. Hast du je einen Oberbefehlshaber laufen sehen?

Alkmene. Mit einem Wort, du trägst nichts an dir, was von deiner Frau stammt. Als ob du auf ein Abenteuer aus wärest. Gestehe es nur, du willst gegen die Amazonen kämpfen. Nimm an, diese Rasenden töteten mir den Gatten... Man fände nichts von seiner Frau an ihm, kein Andenken, kein Zeichen... Das wäre mir doch sehr ärgerlich!... Ich werde dich in den Arm beißen, bevor du gehst... Welche Tunika trägst du unter dem Panzer?

Amphitryon. Die rosenfarbige mit den schwarzen Tressen.

Alkmene. Das ist es also, was ich durch die Fugen blinken sehe, wenn du atmest und sie öffnen sich, und was dein Fleisch so morgenrötlich macht!... Atme, atme weiter so; laß mich das Leuchten dieses Körpers sehen vor dem dunklen Grund dieser traurigen Nacht... Du gehst noch nicht fort, du liebst mich, ja?

Amphitryon. Ja, ich warte auf meine Pferde.

Alkmene. Dann heb noch ein bißchen deine Meduse. Laß sie die Sterne fixieren, ob es sie stört? Sieh nur, sie funkeln nur um so schöner. Sie haben es gut. Sie dürfen dich führen.

Amphitryon. Ein General richtet sich nicht nach den Sternen.

Alkmene. Jaja, ich weiß. Das tut nur ein Admiral... Welchen würdest du wählen, daß unsere Augen sich auf ihm begegnen, morgen nacht und alle die anderen Nächte, um diese Stunde? Ich freue mich über jeden Blick von dir, selbst wenn er so weither kommt und auf so ausgetretenen Pfaden.

Amphitryon. Ja, welchen nehmen wir da?... Vielleicht Venus, dort, unsre gemeinsame Freundin...

Alkmene. Der möchte ich mich nicht anvertrauen. Um alles, was meine Liebe angeht, will ich mich ganz allein kümmern.

Amphitryon. Da hätten wir Jupiter... Das ist ein schöner Name!

Alkmene. Gibt es nicht einen ohne Namen?

Amphitryon. Ja, den kleinen dort oben, den die Astronomen den namenlosen nennen...

Alkmene. Auch das ist ein Name... Und wie heißt der, der über deinen Siegen steht? Erzähle mir von deinen Siegen, du... Wie erringst du sie? Verrate deiner Frau dein Geheimnis! Siegst du, indem du vorwärtsstürmst, meinen Namen auf den Lippen, bis die feindliche Linie durchbrochen ist, jenseits deren man erst all das wiederfindet, was man hinter sich gelassen hat, sein Haus, seine Kinder, seine Frau?

Amphitryon. Nein, Geliebte.

Alkmene. Wie denn? Erzähle!

Amphitryon. Ich siege durch Umfassung des linken Flügels mit meinem rechten Flügel, dann, nach Durchstoßung des rechten Flügels mit drei Vierteln meines linken, durch mehrfaches Verschieben des letzten Viertelflügels, der die Schlacht entscheidet.

Alkmene. Schön, dieser Kampf zweier Vögel! Wie viele Schlachten hast du schon gewonnen, geliebter Adler?

Amphitryon. Eine, eine einzige.

Alkmene. O du bester aller Männer, dem ein einziger Triumph mehr Ruhm eingebracht hat als anderen ein Leben voller Eroberungen! Morgen werden es zwei sein, nicht wahr? Denn du kommst doch zurück, nicht? Du wirst nicht fallen!

Amphitryon. Frage das Schicksal.

Alkmene. Nein, ich weiß es. Das wäre zu ungerecht. Oberbefehlshaber dürften überhaupt niemals fallen!

Amphitryon. Wieso das?

Alkmene. Wieso, wieso? Weil sie die schönsten Frauen haben, die stattlichsten Paläste, den höchsten Ruhm. Weil du das schwerste goldene Tafelgeschirr in ganz Griechenland hast, Liebster. Ein Menschenleben kann sich nicht einfach verflüchtigen unter diesem Gewicht... Und weil du Alkmene hast.

Amphitryon. So werde ich an Alkmene denken, um meine Feinde besser zu töten.

Alkmene. Wie tötest du sie?

Amphitryon. Ich treffe sie mit meinem Wurfspieß, ich stoße sie mit meiner Lanze nieder und durchbohre sie mit meinem Schwert, das ich in der Wunde zurücklasse...

Alkmene. Aber dann bist du ja waffenlos mit jedem Feind, den du tötest, wie die Biene nach ihrem Stich...! Ich werde nicht mehr schlafen können, deine Methode ist viel zu gefährlich!... Hast du schon viele getötet?

Amphitryon. Einen, einen einzigen.

Alkmene. Wie gut du bist, Liebster! War es ein König, ein General?

Amphitryon. Nein. Ein einfacher Soldat.

Alkmene. Wie bescheiden du bist! Du hast keines von diesen Vorurteilen, die die Menschen noch im Tode nach Klassen sondern... Hast du ihm einen Augenblick Zeit gelassen zwischen Lanze und Schwert, daß er dich erkennen konnte und begreifen, welche Ehre ihm da widerfuhr?

Amphitryon. Ja, er schaute auf meine Meduse, ein armes, ehrfürchtiges Lächeln auf den blutenden Lippen.

Alkmene. Hat er dir seinen Namen genannt, bevor er starb?

Amphitryon. Er war ein namenloser Soldat. Es gibt davon eine ganze Menge, im Gegensatz zu den Sternen.

Alkmene. Warum hat er nicht seinen Namen gesagt! Ich hätte ihm im Palast ein Denkmal errichtet. Niemals hätte es seinem Altar an Opfergaben und Blumen gefehlt. Keinen der Schatten im Hades hätte ich so verwöhnt wie den Erschlagenen meines Gatten... Ach, du mein Liebster, ich bin so glücklich, daß es in deinem Leben nur einen Sieg gegeben hat, nur ein Opfer. So wird es darin vielleicht auch nur eine Frau geben... Da, deine Pferde!... Küsse mich...

Amphitryon. Nein, meine gehen im Paßgang. Aber küssen

kann ich dich trotzdem... Gib acht, Geliebte, drücke dich nicht so sehr an mich! Du könntest dir weh tun. Du hast einen Mann aus Eisen.

Alkmene. Spürst du mich, durch deinen Panzer?

Amphitryon. Ich spüre dein Leben und deine Wärme. Du dringst mir durch alle Fugen, da, wo die Pfeile eindringen können. Und du?

Alkmene. Auch der Leib ist ein Panzer. Ich habe oft weniger Wärme gespürt, selbst in deiner Umarmung, und mehr Kühle und Fremdheit als heute.

Amphitryon. Ich habe dich auch oft trauriger und verzweifelter an mich gedrückt, Alkmene. Und dabei zog ich doch nur auf die Jagd und nicht in den Krieg... Da lächelst du!... Mir scheint fast, du bist erleichtert über diesen plötzlichen Krieg...

Alkmene. Hast du nicht dieses Kind weinen hören, neulich morgens, unter unserem Fenster? War dir das nicht auch wie ein schlimmes Zeichen?

Amphitryon. Für mich beginnt das Vorzeichen erst beim Donnerschlag aus heiterem Himmel, und auch da nur nach einem dreifachen Blitz.

Alkmene. Der Himmel war heiter, und dieses Kind hat geweint... Wenn das kein Unheil bedeutet...

Amphitryon. Sei nicht abergläubisch, Alkmene! Halt dich an die amtlich anerkannten Mirakel. Hat eine von deinen Dienerinnen kürzlich ein Kind mit einer Hasenscharte und Schwimmhäuten zwischen den Fingern geboren?

Alkmene. Nein, aber mir hat sich das Herz zusammengekrampft, daß mir die Tränen aus den Augen stürzten, als ich eben lachen wollte... Ich hatte plötzlich die Gewißheit, daß irgendeine schreckliche Drohung über unserem Glück schwebte... Dem Himmel sei Dank, es war nur dieser Krieg, und ich bin wirklich fast erleichtert darüber. Krieg, das ist wenigstens eine redliche Gefahr; und von allen Feinden ist mir ein Feind mit Schwert und Lanze noch der liebste. Es war nur der Krieg!

Amphitryon. Was sonst konntest du fürchten, außer dem Krieg? Wir haben das Glück, als junge Menschen auf dieser jungen Erde zu leben, wo die Schlechten noch nicht über die natürlichsten Schlechtigkeiten hinausgekommen sind, über Gewalttat, Vatermord, Blutschande... Unsere Mitmenschen lieben uns... Der Tod, wenn er kommt, wird den Kampf mit uns beiden zugleich aufnehmen müssen... Worum bangst du also?

Alkmene. Um unsere Liebe! Ich hatte Angst, du könntest mich betrügen. Ich sah dich schon in den Armen der anderen...

Amphitryon. All der anderen?

Alkmene. Einer oder Tausender, gleichviel. Für Alkmene warst du verloren, ob du dich auch nur einmal vergangen hattest.

Amphitryon. Du bist die Schönste von allen Griechinnen.

Alkmene. Es waren auch nicht die Griechinnen, die ich fürchtete. Sondern die Göttinnen, und dann die Ausländerinnen.

Amphitryon. Wie?

Alkmene. Erst dachte ich an die Göttinnen. Wenn die so plötzlich vom Himmel schweben oder den Wellen entsteigen, rosig ganz ohne Schminke, perlmutterschimmernd ganz ohne Puder, mit ihren jungen Brüsten und ihren Himmelsblicken, und wenn sie euch dann umgarnen mit ihren Fesseln, mit ihren Armen weißer als Schnee und stärker als eiserne Klammern, dann muß es gar nicht leicht sein, ihnen zu widerstehen, nicht wahr?

Amphitryon. Für jeden anderen, ja, natürlich, aber nicht für mich!

Alkmene. Doch wie das bei Göttern nun einmal ist: über die kleinste Kleinigkeit sind sie beleidigt, und dabei wollen sie immer geliebt werden. Du hast sie also nicht geliebt.

Amphitryon. Und auch die Barbarinnen nicht.

Alkmene. Aber sie dich! Die lieben jeden verheirateten Mann, jeden, der einer anderen gehört, sei es auch nur der Wissenschaft oder der Politik. Wo die erst einmal Einzug halten, mit ihren Schranzen und Schrankkoffern, die Schönen halbnackt unter ihrer Seide oder ihren Pelzen, die Häßlichen hochnäsig in ihrer Häßlichkeit, als wär's eine Schönheit, weil's eine fremde Häßlichkeit ist: da ist es aus mit dem häuslichen Frieden, in der Armee wie in der Kunst. Denn der Reiz des Fremdländischen wirkt auf den Mann mächtiger als der Geschmack am eigenen Herd. Wie ein Magnet ziehen sie alles an sich, die fremden Frauen: die edelsten Steine, die kostbarsten Handschriften, die schönsten Blumen und die Hände der Ehemänner... Und sie erwarten's nicht anders, denn sie vergöttern sich selbst genauso, weil sie sich selbst immer fremd bleiben... Das war es, das hatte ich für dich gefürchtet, mein Liebster, nach diesen Vorzeichen, die mich nicht schlafen ließen! Ich fürchtete einen neuen Klang, einen neuen Akzent in den Namen aller Jahreszeiten, aller Früchte, aller Freuden; ich fürchtete, alle vertrauten Zärtlichkeiten könnte ein fremder Duft anrühren, eine neue Verwegenheit: ich hatte Angst vor einer Ausländerin!... Und dabei ist es die Schlacht, die kommt; fast eine alte Bekannte. Ich darf sie nicht mit Tränen empfangen.

Amphitryon. O Alkmene, Liebste, sei ganz beruhigt! Wenn ich bei dir bin, bist du meine Ausländerin, und draußen im Feld werde ich an dich denken als an meine Frau. Also hab keine Angst. Bald bin ich wieder daheim, und dann wird es für immer sein. Jeder Krieg ist der allerletzte. Dieser hier ist ein Krieg zwischen Nachbarn; er wird nicht lange dauern. Dann werden wir glücklich leben in unserem Palast, und wenn wir einst alt und grau sind, wird sich ein Gott finden, der mein Gebet erhört und uns den Lebensabend verlängert, indem er uns in zwei Bäume verwandelt gleich Philemon und Baucis.

Alkmene. Würde dir das Spaß machen, alle Jahre die Blätter zu wechseln?

Amphitryon. Er wird uns immergrünes Laub verleihen; Lorbeer stünde mir gut.

Alkmene. Und dann werden wir älter und älter, und dann wird man uns schlagen und uns verbrennen?

Amphitryon. Und die Asche unserer Äste und unserer Rinde wird sich mischen!

Alkmene. Dann lieber gleich am Ende unseres Menschenlebens vereint sein, in der Asche von Fleisch und Gebein!

*(Man hört den Hufschlag von Pferden.)*

Amphitryon. Jetzt sind sie da... Ich muß gehen.

Alkmene. Wer, sie? Dein Ehrgeiz, dein Feldherrenstolz, dein Durst nach Blut und nach Abenteuern?

Amphitryon. Nein, nur Elaphocephale und Hypsipila, meine Pferde.

Alkmene. Nun, dann geh! Diesen kreuzbraven Kruppen kann man dich schon überlassen.

Amphitryon. Sonst hast du mir nichts zu sagen?

Alkmene. Ist denn nicht alles gesagt? Was tun denn andere Frauen?

Amphitryon. Sie versuchen zu scherzen... Sie reichen dem Mann seinen Schild und sagen: »Als Sieger kehre heim, sei es auf ihm, sei's unter ihm.« Oder sie rufen ihm nach: »Fürchte nichts, als daß der Himmel einstürzen könnte!« Sollte es meiner Frau an erhabenen Worten fehlen?

Alkmene. Ich fürchte, ja. Mir einen Satz auszudenken, der eigentlich nicht an dich gerichtet wäre, eher schon an die Nachwelt, dazu bin ich ganz unfähig. Alles, was ich dir sagen kann, sind diese Worte, die still bei dir sterben, kaum daß sie dich berühren: Amphitryon, ich liebe dich, Amphitryon, komm bald wieder!... Und dann ist auch nicht mehr viel Platz in den Sätzen, wenn man erst deinen Namen gesagt hat, er ist so lang...

Amphitryon. Setz ihn ans Ende. Lebwohl, Alkmene.

Alkmene. Amphitryon!

*(Sie verweilt einen Augenblick, die Ellenbogen aufgestützt, während das Geräusch der Hufschläge sich entfernt; dann wendet sie sich dem Hause zu. Merkur, als Sosias, tritt auf sie zu.)*

## VIERTE SZENE

*Alkmene. Merkur als Sosias.*

Merkur. Alkmene, Herrin...

Alkmene. Was gibt's, Sosias?

Merkur. Ich habe eine Botschaft an Euch, von meinem Herrn.

Alkmene. Was heißt das? Er ist ja noch fast in Rufweite.

Merkur. Eben. Es soll sie kein anderer hören... Mein Herr beauftragt mich, Euch zu sagen: erstens, er rückt zwar zum Schein mit der Armee ins Feld; zweitens, er wird aber diese Nacht noch zurückkehren, sobald er seine Befehle gegeben hat. Der Stab lagert kaum ein paar Meilen von hier, mit dem Krieg ist es anscheinend auch nicht weit her, und so wird Amphitryon diesen Ritt alle Abende machen; es muß aber ganz geheim bleiben...

Alkmene. Ich verstehe dich nicht, Sosias.

Merkur. Mein Herr hat mich beauftragt, Fürstin, Euch zu sagen, daß er nur zum Schein mit der Armee ins Feld rückt...

Alkmene. Wie dumm du bist, Sosias. Wie wenig du weißt, was ein Geheimnis ausmacht. Sowie man es kennt, muß man tun, als kennte man's nicht oder als hätte man's nicht verstanden.

Merkur. Sehr wohl, Herrin.

Alkmene. Außerdem muß ich sagen, ich verstehe wirklich kein Wort von dem, was du mir da erzählt hast.

Merkur. Ihr sollt wachen, Fürstin, und meinen Herrn erwarten, denn er hat mich beauftragt, Euch zu sagen...

Alkmene. Bitte, Sosias, kein Wort mehr. Ich gehe jetzt schlafen...

*(Sie geht. Merkur gibt Jupiter ein Zeichen und führt ihn auf die Szene.)*

## FÜNFTE SZENE

*Merkur als Sosias. Jupiter als Amphitryon.*

Merkur. Haben Sie gehört, Jupiter?

Jupiter. Was heißt Jupiter? Ich bin Amphitryon!

Merkur. Glauben Sie nicht, mich zu täuschen: man errät den Gott auf zwanzig Schritt.

Jupiter. Dies ist die genaue Kopie seiner Kleider.

Merkur. Als ob es hier auf die Kleider ankäme! Und außerdem: selbst darin sind Sie im Irrtum. Sehen Sie nur dieses Gewand an. Sie kommen dort aus den Dornen, und es hat nicht den kleinsten Riß. Ich finde auf ihm keine Spur von jenem Anlauf zu Verschleiß und Verfall, den auch die besten Gewebe nehmen, sowie man sie einweiht. Was Sie tragen, sind ewige Kleider. Ich bin sicher, daß sie vollkommen wasserdicht sind, daß sie niemals verschießen, und daß ein Tropfen Öl aus der Lampe auch nicht den kleinsten Fleck darauf hinterließe. Für eine gute Hausfrau wie Alkmene sind gerade das die wahren Wunder; sie wird sich durch den Schein nicht trügen lassen. Drehen Sie sich um.

Jupiter. Ich soll mich umdrehen?

Merkur. Männer wie Götter bilden sich ein, daß die Frauen sie stets nur von vorn sähen. Sie schmücken sich mit Bärten, sie drücken die Brust heraus, sie behängen den Bauch mit Klunkern. Sie wissen nicht, daß die Frauen zwar so tun, als wären sie geblendet von der funkelnden Fassade, aber dabei mit all ihrer heimlichen Tücke nach der Kehrseite spähen. Am Rücken des Liebhabers, wenn der sich erhebt oder das Zimmer verläßt, an diesem Rücken, der nicht lügen kann, kraftlos, gekrümmt, offenbart sich ihnen seine Schwäche oder seine Erschöpfung. Sie haben da einen Rücken, der vorteilhafter ist als die Brust! Das muß geändert werden!

Jupiter. Götter zeigen niemals ihre Kehrseite. Außerdem, Merkur, wird es dunkel sein.

Merkur. Das ist noch nicht gesagt. Es wird nicht dunkel sein, wenn Sie sich nicht bequemen, endlich den Glanz Ihrer Göttlichkeit abzulegen. Niemals würde Alkmene in diesem menschlichen Glühwurm ihren Gatten erkennen.

Jupiter. Bisher hat sich jede so täuschen lassen.

Merkur. Nicht eine, wenn Sie mich fragen. Geben Sie zu, daß Sie sich ihnen auch gar nicht ungern geoffenbart haben, sei es durch irgendein Wunder, sei es mit einer von diesen astralen Anwandlungen, die Ihre Gestalt aufleuchten lassen und alle Öllampen und den damit verbundenen Ärger ersparen.

Jupiter. Auch ein Gott kann Gefallen daran finden, um seiner selbst willen geliebt zu werden.

Merkur. Ich fürchte, diesen Gefallen wird Alkmene Ihnen nicht tun. Begnügen Sie sich mit der Gestalt ihres Gatten.

Jupiter. Meinetwegen, zunächst; späterhin wird man weitersehen. Du glaubst ja gar nicht, mein Bester, auf was für Überraschungen man gerade bei einer treuen Frau gefaßt sein kann. Du weißt, ich liebe ausschließlich treue Frauen. Ich bin ja auch der Gott der Gerechtigkeit, und ich habe immer gefunden, daß sie ein Recht auf diesen Ausgleich haben; ich muß auch sagen, sie rechneten selbst darauf. Eine treue Frau, das ist eine, die vom Frühling, von Büchern, von Wohlgerüchen und Erdbeben Enthüllungen erwartet, wie die anderen sie von ihren Liebhabern verlangen. Mit einem Wort, sie ist ihrem Mann untreu mit allem und jedem, ausgenommen den Männern. Alkmene dürfte da keine Ausnahme machen. Ich werde also zunächst Amphitryons Amt übernehmen, so gut ich kann, aber dann bald durch geschickte Fragen – über die Blumen, die Tiere, die Elemente – ausfindig machen, was durch ihre Träume geht; dann werde ich seine Gestalt annehmen... und so um meiner selbst willen geliebt werden... So besser, die Kleider?

Merkur. Der ganze Körper muß ohne Fehler sein... Kommen Sie hier ans Licht, daß ich Ihnen Ihre Menschenhülle zurechtrücke... Näher, ich kann nichts erkennen.

Jupiter. Sind meine Augen gut so?

Merkur. Lassen Sie sehen... Zu strahlend... Das ist ja reine Iris, ohne Hornhaut, nicht die Spur von Tränendrüsen – wer weiß, vielleicht müssen Sie weinen –; und Ihre Blicke, statt von der Netzhaut auszustrahlen, kommen von einem kosmischen Brennpunkt irgendwo hinter Ihnen, durch Ihren Schädel hindurch... Sie dürfen Ihr Augenlicht nicht von der Sonne beziehen. Das Licht der irdischen Augen entspricht genau der völligen Dunkelheit in unserem Himmel... Selbst die Mörder haben da nur zwei Grubenlampen... Hatten Sie keine Pupillen, bei Ihren früheren Abenteuern?

Jupiter. Noch nie, das hatte ich übersehen... So recht, die Pupillen?

Merkur. Nein, nein, keinen Phosphor... Weg mit diesen Katzenaugen! Man sieht die Pupillen ja noch durch die geschlossenen Lider... Auch spiegeln kann man sich noch nicht in diesen Augen... Geben Sie einen Hintergrund.

Jupiter. Aventurinstein wäre nicht schlecht, mit seinem goldenen Funkeln...

Merkur. Und jetzt die Haut!

Jupiter. Meine Haut?

Merkur. Viel zu glatt, zu weich, diese Haut... Das ist Kinderhaut... Was wir brauchen, ist eine Haut, auf die der Wind dreißig Jahre gefaucht hat, die dreißig Jahre in Salzluft und See getaucht war, kurz, eine Haut mit einem eigenen Geschmack – denn man wird sie schmecken. Haben die anderen nie etwas gesagt, als sie merkten, daß die Haut Jupiters einen Kindergeschmack hatte?

Jupiter. Ihre Liebkosungen waren darum nicht mütterlicher.

Merkur. Diese Haut überstünde keine zwei Tagereisen ... Und dann lassen Sie Ihren Knochensack ein bißchen schrumpfen, das schlottert ja alles!

Jupiter. Mir ist so unwohl in dieser Haut... Da spüre ich plötzlich mein Herz schlagen, meine Pulse schwellen, meine Venen schlaff werden... Ich fühle mich wie ein Filter, wie eine Sanduhr, in der das Blut rinnt... Die Erdenzeit schlägt in mir, daß es mir weh tut. Hoffentlich müssen meine armen Menschen nicht auch so leiden...

Merkur. Am Tage ihrer Geburt, am Tag ihres Todes.

Jupiter. Höchst unangenehm, sich entstehen und zugleich sterben zu fühlen.

Merkur. Das Nacheinander macht es nicht angenehmer.

Jupiter. Hast du jetzt den Eindruck, du stehst vor einem Menschen?

Merkur. Noch immer nicht. Was mir vor allem auffällt, wenn ich einem Menschen begegne, einem lebendigen Menschenleib, ist, daß er mit jeder Sekunde sich wandelt, daß er älter wird, unaufhörlich. Selbst noch in seinen Augen sehe ich das Licht langsam verdämmern.

Jupiter. Versuchen wir's. Und um mich einzugewöhnen, will

ich mir immerfort sagen: ich werde sterben, ich werde sterben...

Merkur. Hoho! Nicht so schnell! Ich sehe ja Ihre Haare sprießen, Ihre Nägel länger werden, Ihre Stirnfalten sich vertiefen... Langsamer, langsamer, ruhig Blut, schonen Sie Ihre Herzkammern. Sie leben im Augenblick das Leben eines Hundes oder einer Katze.

Jupiter. So besser?

Merkur. Jetzt sind die Herzintervalle zu weit. Das ist der Rhythmus der Fische... So... so... Jetzt geht Ihr Herz genau seinen halben Galopp, jenen gemächlichen Paßgang, an dem Amphitryon seine Pferde kennt und Alkmene das Herz ihres Gatten...

Jupiter. Hast du sonst noch Wünsche?

Merkur. Wie steht's mit Ihrem Gehirn?

Jupiter. Mit meinem Gehirn?

Merkur. Jawohl, mit Ihrem Gehirn... Es dürfte sich empfehlen, die göttlichen Vorstellungen da drinnen umgehend gegen menschliche auszuwechseln... Also, was denken Sie? Was glauben Sie? Wie sehen Sie die Welt, nun, da Sie ein Mensch sind?

Jupiter. Wie ich die Welt sehe? Ich glaube, daß diese Erdscheibe ganz und gar platt ist, daß das Wasser nichts ist als Wasser, die Luft einfach Luft, die Natur Natur und der Geist Geist... Noch etwas?

Merkur. Haben Sie das Bedürfnis, sich einen Scheitel durch die Haare zu ziehen und dazu Pomade zu nehmen?

Jupiter. Ja, wahrhaftig.

Merkur. Haben Sie das Gefühl, daß nur Sie allein wirklich sind, daß auf der Welt nichts feststeht als Ihr eigenes Dasein?

Jupiter. Ja, und es ist sogar höchst eigenartig, dieses Gefühl, so in sich selbst gefangen zu sein.

Merkur. Haben Sie die Vorstellung, daß Sie einmal sterben könnten?

Jupiter. Nein. Daß meine Freunde sterben werden, die Ärmsten, ach ja. Aber nicht ich.

Merkur. Haben Sie alle die Frauen vergessen, die Sie einmal geliebt haben?

Jupiter. Ich? Geliebt? Ich habe nie eine andere geliebt! Immer nur Alkmene!

Merkur. Ausgezeichnet! Und was halten Sie von diesem Himmel?

Jupiter. Ich empfinde ihn als mein eigen, diesen Himmel, ganz und gar erst jetzt, da ich nicht mehr Jupiter bin, sondern sterblich! Und dieses Sonnensystem scheint mir recht klein, und die Erde ist unermeßlich, und ich fühle mich plötzlich schöner noch als Apoll, kühner und liebesmächtiger noch als Mars, und jetzt zum erstenmal glaube ich, sehe ich, fühle ich mich wirklich Herr über alle Götter.

Merkur. Wahrlich, ein ganzer Mensch! ... Also Glück zu! *(Er entschwindet.)*

SECHSTE SZENE

*Jupiter als Amphitryon. Alkmene auf ihrem Altan.*

Alkmene *(hellwach).* Wer klopft da? Wer stört mich in meinem Schlaf?

Jupiter. Ein Unbekannter, aber ein lieber Besuch.

Alkmene. Ich kenne keine Unbekannten.

Jupiter. Ein Feldherr.

Alkmene. Was hat ein Feldherr so spät über die Straßen zu irren? Ist er fahnenflüchtig geworden? Hat ihn der Feind übermannt?

Jupiter. Der Feind nicht, aber die Liebe.

Alkmene. Das kommt davon, wenn sich Feldherren nicht auf ihr Schlachtfeld beschränken. Wer sind Sie?

Jupiter. Ich bin dein Liebhaber.

Alkmene. Sie sprechen mit Alkmene, nicht mit der Kammerzofe. Ich habe keinen Liebhaber ... Was lachen Sie?

Jupiter. Hast du nicht eben noch in beklommener Erwartung dein Fenster geöffnet und hinaus in die Nacht geblickt?

Alkmene. Ich habe die Nacht betrachtet, ganz recht. Ich weiß nun, wie sie ist: mild und schön.

Jupiter. Hast du nicht noch vor kurzem aus einem goldnen Gefäß eiskaltes Wasser auf einen ruhenden Krieger gesprengt?

Alkmene. Oh, war es kalt?... Gut, gut... Das kann schon sein...

Jupiter. Und hast du nicht, versunken in das Bildnis eines Mannes, geflüstert: Ach, könnte ich doch für die Zeit, da er fort ist, das Gedächtnis verlieren!

Alkmene. Ich entsinne mich nicht. Vielleicht...

Jupiter. Fühlst du nicht unter diesen jungen Sternen deinen Leib aufblühen und dein Herz erzittern beim Gedanken an Einen, der doch vielleicht, ich will es gestehen, ganz töricht ist und ganz häßlich?

Alkmene. Er ist schöner als alle und viel zu geistvoll für mich. Und es ist wahr, mein Mund ist wie Honig, wenn ich von ihm spreche. Und ich erinnere mich an die goldene Schale. Und er war es, ja, nach dem ich Ausschau hielt in der Finsternis. Und wenn auch, was beweist das?

Jupiter. Daß du einen Liebhaber hast. Und er ist da.

Alkmene. Ich habe einen Gatten, und er ist weit. Und keiner wird meine Kammer betreten als mein Gatte. Und selbst ihn, wenn er sich als ein anderer gibt, selbst ihn laß ich nicht herein.

Jupiter. Sogar der Himmel verstellt sich zu dieser nächtlichen Stunde.

Alkmene. Wie bist du kurzsichtig, wenn du glaubst, die Nacht sei nur ein verkleideter Tag, der Mond eine falsche Sonne; wenn du glaubst, es könne die Liebe zum Gatten sich als Liebe zum Vergnügen geben.

Jupiter. Die Liebe zum Gatten ähnelt der Pflicht. Die Pflicht dem Zwang. Der Zwang tötet die Lust.

Alkmene. Was war das? Welches Wort hast du da ausgesprochen?

Jupiter. Den Namen einer Halbgöttin, der Lust.

Alkmene. Wir lieben hier nur die ganzen Götter. Wir überlassen die Halbgötter den Halbjungfrauen und den Halbgattinnen.

Jupiter. Wie kannst du so lästerlich reden!

Alkmene. Ich denke manchmal noch lästerlicher; zum Beispiel bin ich froh, daß es im Olymp keinen Gott der Gattenliebe gibt. Ich bin froh, ein Geschöpf zu sein, das die Götter nicht vorgesehen haben... Über dieser Freude fühle ich nicht einen Gott schweben, sondern einen offenen Himmel sich spannen. Wenn du also ein Liebhaber bist, dann, so leid es mir tut: bitte geh... Dabei scheinst du mir schön und wohlgestaltet, und deine Stimme klingt süß. Wie wollte ich sie lieben, diese Stimme, wenn sie der Anruf der Treue wäre und nicht der des Begehrens! Wie gern ruhen in diesen Armen, wären sie nicht eine Falle, die sich mit roher Gewalt über der Beute schließen will! Auch dein Mund ist wohl frisch und feurig, aber er wird mich nicht überzeugen. Einem Liebhaber öffne ich meine Tür nicht. Wer bist du?

Jupiter. Warum willst du keinen Liebhaber?

Alkmene. Weil dem Liebhaber immer die Liebe näher ist als die Geliebte. Weil ich meine Freude nicht anders ertrage als grenzenlos, meine Seligkeit nur ohne Verschweigung, meine Hingabe ohne Schranken. Weil ich keinen Sklaven will und keinen Herren. Weil es sich nicht gehört, seinen Mann zu betrügen, sei es auch mit ihm selbst. Weil ich offene Fenster liebe und reine Laken.

Jupiter. Für eine Frau verstehst du deinen Geschmack wahrhaftig gut zu begründen; meinen Respekt! Nun öffne!

Alkmene. Wenn du nicht der bist, an dessen Seite ich morgens erwache und den ich stets noch zehn Minuten schlafen lasse, abgespart dem Saum meines Tages, dem meine Blicke das Antlitz reinwaschen noch vor der Sonne und dem klaren Wasser; wenn du nicht der bist, bei dem ich an Länge und Klang seiner Schritte erkenne, ob er sich rasiert oder ankleidet, ob er denkt oder ob sein Kopf leer ist, der, mit dem ich frühstücke, mittagesse und abendesse, der, dessen Atem dem meinen, was ich auch tue, stets um den tausendsten Teil einer Sekunde vorauseilt; wenn du nicht der bist, den ich Abend für Abend zehn Minuten vor mir schlafen lasse, abgestohlen dem Mark meines Lebens, damit ich im Augenblick, da er eingeht ins Reich der Träume, seinen Körper ganz warm und lebendig an meinem fühle: wenn du nicht er bist, so werde ich dir, wer du auch seist, nicht öffnen! Wer bist du?

Jupiter. Dann muß es also, wohl oder übel, gesagt sein... Ich bin dein Gatte.

Alkmene. Wie! Du bist es, Amphitryon? Und du hast nicht bedacht, wie unvorsichtig es von dir war, so heimlich heimzukehren?

Jupiter. Niemand im Lager ahnt etwas.

Alkmene. Wer spricht denn vom Lager! Weißt du nicht, welcher Gefahr sich ein Ehemann aussetzt, wenn er unversehens erscheint, nachdem er angeblich abgereist ist?

Jupiter. Scherze nicht.

Alkmene. Du weißt doch, daß dies die Stunde ist, in der die braven Ehefrauen mit ihren schlafwarmen Armen den kleinen Freund umfangen, dem das Herz klopft vor Stolz und vor Angst?

Jupiter. Deine Arme sind leer und kühler als der Mond.

Alkmene. Mein Geschwätz hat dich hingehalten und ihm die Zeit gegeben, zu fliehen. Jetzt ist er schon auf der Straße nach Theben, und er gebraucht sehr häßliche Worte, denn seine lange Tunika verfängt sich ihm in den nackten Beinen.

Jupiter. Öffne schon deinem Gatten...

Alkmene. Du glaubst also, du kämst mir so herein, nur weil du mein Gatte bist? Hast du keine Geschenke? Hast du Juwelen?

Jupiter. Für Juwelen würdest du dich verkaufen?

Alkmene. Meinem eigenen Mann? Mit Wonne! Aber du hast ja keine.

Jupiter. Ich sehe schon, ich muß wieder gehen.

Alkmene. Nein, bleib! Bleib da!... Doch unter einer Bedingung, Amphitryon; nur unter einer Bedingung.

Jupiter. Und die wäre?

Alkmene. Daß wir den Treueschwur, den wir einander so oft

bei Tage geschworen haben, nun auch vor der Nacht bekräftigen. Ich warte schon lange auf diese Gelegenheit. Ich will nicht, daß all die schönen Hausgenossen der Finsternis, Sterne, Abendwind, Nachtfalter, sich einbilden, ich empfinge heut nacht einen Liebhaber. Feiern wir diese nächtliche Trauung, zur selben Stunde, in der so viele wilde Ehen vollzogen werden... Beginne...

Jupiter. Eide ablegen ohne Priester, ohne Altäre, nur auf die leere Nacht – was soll das?

Alkmene. Worte in Glas geritzt sind unauslöschlich. Hebe den Arm.

Jupiter. Wenn du wüßtest, wie erbärmlich die Menschen in den Augen der Götter dastehn, wenn sie so mit Schwüren um sich schleudern, diesen Blitzen ohne Donner!

Alkmene. Wenn nur das Herz in den Blitzen zuckt, mehr verlangen die Götter nicht. Hebe die Hand und krümme den Zeigefinger.

Jupiter. Mit gekrümmtem Zeigefinger! Aber das ist doch der fürchterlichste von allen, der Eid, mit dem Jupiter selbst alle Geißeln der Erde heraufbeschwört!

Alkmene. Den Zeigefinger gekrümmt, oder du gehst.

Jupiter. Dann muß ich wohl gehorchen. *(Er hebt den Arm.)* Haltet an euch, himmlisches Pech und Schwefel! Krebsschwären, Heuschreckenschwärme, nicht herhören! Es ist nur wegen Alkmene, dieser kleinen Verrückten hier, daß ich so dastehe!

Alkmene. Ich warte.

Jupiter. Ich, Amphitryon, Sohn und Enkel gewesener Helden, Vater und Vorfahre künftiger Helden, unersetzliche Spange im Gürtel des Krieges und Ruhmes...

Alkmene. Ich, Alkmene, deren Eltern dahin sind, deren Kinder noch nicht sind, armes Glied, zur Stunde noch abgetrennt von der Menschen Kette...

Jupiter. ... schwöre, alles daranzusetzen, daß die Süße des Namens Alkmene ebenso lange lebe wie das Dröhnen des meinigen!

Alkmene. ... schwöre, Amphitryon, meinem Gemahl, treu zu sein oder zu sterben!

Jupiter. Zu was?

Alkmene. Zu sterben.

Jupiter. Wozu den Tod anrufen, der hat hier nichts zu schaffen! Ich bitte dich! Sag etwas anderes. Es gibt genug Umschreibungen, sogar recht glückliche. Aber nichts von Sterben!

Alkmene. Es ist einmal gesagt. Und nun, bester Mann, Worte genug gewechselt. Die Zeremonie ist zu Ende, und es sei dir gestattet, heraufzukommen... Was bist du heute abend umständlich gewesen! Ich hatte dich doch erwartet, die Tür war unverschlossen. Du brauchtest sie nur aufzudrücken... Was hast du? Du zögerst? Du willst wohl, daß ich dich Liebhaber nenne? Niemals, sage ich dir!

Jupiter. Ich soll also wirklich kommen, Alkmene? Wirklich? Du wünschst es?

Alkmene. Ich befehle es, lieber Geliebter!

*(Vorhang.)*

## ZWEITER AKT

### ERSTE SZENE

*Völlige Dunkelheit. Merkur allein, leuchtend, auf der Vorderbühne gelagert.*

Merkur. Hier auf der Wacht vor Alkmenens Kammer hab ich so manches vernommen: süßes Schweigen, ein süßes Sichsträuben, ein süßes Ringen; nun trägt sie in sich den jungen Halbgott. Aber bei keiner anderen Liebe hat Jupiter sich so lange aufgehalten... Ich weiß nicht, ob dieses Dunkel auch Ihnen so drückend erscheint; mir jedenfalls beginnt der Auftrag, hierorts die Nacht zu verlängern, etwas beschwerlich zu werden, zumal wenn ich denke, daß die übrige Welt jetzt schon im Lichte badet... Wir sind auf der Höhe des Sommers, und es ist sieben Uhr morgens. Die Flut des Tages dehnt sich allerwärts, Tausende Meilen tief, bis hin über das Meer, und unter all den Würfeln, die das Morgenrot überschwemmt, bleibt allein der Palast ein schwarzer Kegel... Es wird wahrhaftig Zeit, daß ich meinen Herrn wecke, denn er schätzt es gar nicht, übereilt Abschied nehmen zu müssen; außerdem legt er sicher Wert darauf, Alkmene wie allen früheren Freundinnen im Verlauf der morgendlichen Unterhaltung zu offenbaren, daß er Jupiter ist, um sich an ihrem Staunen zu ergötzen und an ihrem Stolz. Ich habe übrigens Amphitryon den Gedanken eingegeben, seine Frau in aller Frühe mit einem Besuch zu überraschen; er soll der erste Zeuge und Bürge der großen Begebenheit sein. Dieses Entgegenkommen ist man ihm schuldig; und jedes Gerede wird so von vornherein unterbunden. Eben jetzt macht unser Feldherr sich heimlich auf den Weg; er hat sein Pferd zum Galopp gespornt, und ehe noch diese Stunde um ist, wird er hier im Palast sein. Also, Sonne, zeig deine Strahlen; welchen, meinst du, nehmen wir, um diese Finsternis in Brand zu stekken ...? *(Die Sonne legt ihm nacheinander ihre Strahlen vor.)* Nein, nicht den! Viel zu abgründig, dieses Grün, für zwei Liebende, die erwachen. Da glaubt doch jeder, er hat eine Wasserleiche im Arm. Den auch nicht! Purpur und Violett reizen die Sinne zu sehr. Heben wir diese Farben lieber für heute abend auf. Da, das ist der richtige: Goldgelb! Keiner, der so den ergrauten Glanz der menschlichen Haut wieder hebt... Also, Sonne: ans Werk!

*(Alkmenens Kammer erscheint im hellen Sonnenlicht.)*

## ZWEITE SZENE

*Alkmene, schon aufgestanden; Jupiter, als Amphitryon, auf dem Ruhebett ausgestreckt, schlafend.*

Alkmene. Liebster, steh auf. Die Sonne ist schon hoch.

Jupiter. Wo bin ich?

Alkmene. Wo ein Ehemann hingehört, wenn er's auch beim Erwachen nicht glauben will: in deinem Haus, ganz einfach, in deinem Bett, und bei deiner Frau.

Jupiter. Ihr Name?

Alkmene. Der ist bei Tag und bei Nacht derselbe, immer Alkmene.

Jupiter. Alkmene, die große Blonde, die so schön rund um die Hüften ist und in der Liebe verstummt?

Alkmene. Ja, und frühmorgens anfängt zu schwatzen und dich gleich vor die Tür setzen wird, Ehemann hin, Ehemann her.

Jupiter. Sag ihr, sie soll wieder stumm sein und hierher zurückkommen!

Alkmene. Das schlag dir nur aus dem Kopf. Die Frauen mit den schönen runden Hüften haben mit den körperlosen Träumen immerhin eins gemein: kommen tun sie nur in der Nacht.

Jupiter. Mach die Augen zu; dann haben wir's dunkel genug.

Alkmene. Nein, nein, meine Nacht ist noch keine Nacht. Komm, erhebe dich, oder ich rufe die Dienerinnen.

*(Jupiter richtet sich auf und betrachtet die Landschaft, die vor den Fenstern funkelt.)*

Jupiter. Was für eine göttliche Nacht!

Alkmene. Sehr einfallsreich bist du nicht heute morgen.

Jupiter. Ich sagte »göttlich«!

Alkmene. Wenn du sagst »ein göttliches Mahl«, »eine göttliche Ochsenlende«, das mag noch angehen; du brauchst nicht ununterbrochen sprachschöpferisch tätig zu sein... Aber für diese Nacht, da hättest du schon etwas Besseres finden können.

Jupiter. Was denn Besseres?

Alkmene. So ziemlich jedes andere Eigenschaftswort als dieses »göttlich«, das ist denn doch zu abgebraucht. Hättest du gesagt »vollkommen«, oder auch »bezaubernd«... Oder »köstlich«, ja das, das drückt so vieles aus: was für eine köstliche Nacht!

Jupiter. Gut, also dann: die köstlichste unserer Nächte, die allerköstlichste, nicht?

Alkmene. Das will ich nicht sagen.

Jupiter. Was heißt das? Wieso nicht?

Alkmene. Hast du denn unsere Hochzeitsnacht vergessen, Liebster? Die schwache Last, die ich in deinen Armen war? Und wie wir unsre zwei Herzen fanden, glücklich über den Fund inmitten der Finsternis, die uns zum erstenmal miteinander in ihren dunklen Mantel nahm? Das war die schönste, unsere schönste Nacht.

Jupiter. Unsere schönste, nun gut. Aber die köstlichste war doch diese.

Alkmene. Findest du? Und die Nacht des großen Brandes unten in der Stadt, als du erst gegen Morgen heimkamst, morgenrotübergoldet und warm wie ein Brot aus dem Ofen? Das war unsere köstlichste Nacht, die und keine andere!

Jupiter. Nun, dann vielleicht die wundersamste... Nicht?

Alkmene. Die wundersamste? Wieso? Ja, vorletzte Nacht, als du das Kind aus der See gerettet hattest, das schon die Strömung davontrug, und zu mir kamst, leuchtend von Tang und von Mondlicht, am ganzen Körper noch das Salz der Götter, und mich die ganze Nacht im Schlaf auf deinen Armen retten wolltest... Das war schon wundersam!... Aber diese Nacht, Liebster? Nein, wenn ich ihr ein Prädikat geben sollte, so müßte ich sagen: ehelich war sie. Es war in ihr eine Sicherheit, die mich erheitert hat. Noch nie war ich so gewiß, dich am Morgen rosig und kerngesund wiederzufinden, mit einem rechtschaffenen Frühstückshunger; es fehlte ganz dies göttliche Erschauern, das ich doch sonst allemal wieder spüre: du könntest jeden Augenblick in meinen Armen sterben.

Jupiter. Es gibt, wie ich sehe, auch Frauen, die das Wort »göttlich« gebrauchen...?

Alkmene. Vor dem Worte »Erschauern«, immer.

*(Pause.)*

Jupiter. Was für ein hübsches Zimmer!

Alkmene. Das weißt du heute besonders zu schätzen, wo du verbotenerweise hier bist.

Jupiter. Wie geschickt doch die Menschen sind! Mit diesem System von Mauerlöchern und durchsichtigen Steinen gelingt es ihnen, selbst auf einem so dürftig erleuchteten Planeten im Innern der Häuser besseres Licht zu schaffen, als sonst ein Wesen auf der Welt hat.

Alkmene. Eigenlob, Liebster? Es ist doch deine Erfindung.

Jupiter. Und diese schöne Landschaft!

Alkmene. Die darfst du loben; die ist nicht von dir.

Jupiter. Und von wem ist sie?

Alkmene. Vom Herrn der Götter.

Jupiter. Hat er nicht auch einen Namen?

Alkmene. Jupiter.

Jupiter. Wie schön du die Namen der Götter sprichst! Wer hat dich gelehrt, sie so mit den Lippen zu kosen wie eine kostbare Himmelsnahrung? Es ist, als weidetest du dich an ihnen, ein Schaf, das den Goldregen bricht und ihn sich schmecken läßt mit gerecktem Hals. Aber es ist dein Mund, der dem Goldregen Duft verleiht... Noch einmal. Man sagt, daß die Götter, so angerufen, bisweilen leibhaftig herbeigelockt werden.

Alkmene. Neptun! Apoll!

Jupiter. Nein, den ersten, noch einmal!

Alkmene. Laß mich den ganzen Olymp abgrasen... Aber am liebsten nenne ich sie so, wie sie zusammengehören, in Paaren:

Mars und Venus, Jupiter und Juno... Dann sehe ich sie vorüberwandeln auf Wolkenhöhen, ein ewiger Zug, sich an den Händen haltend... Herrlich muß das sein...

Jupiter. Und so lustig... Also du findest es schön, Jupiters Werk, diese Klippen und Felsen?

Alkmene. Sehr schön. Aber hat er's auch so gemeint?

Jupiter. Wie, gemeint?

Alkmene. Wenn du etwas tust, Liebster, dann tust du's immer mit einer bestimmten Absicht, ob du nun deinen Pflaumen Kirschreiser einsetzt oder dir eine Klinge ausdenkst, die auf beiden Seiten schneidet... Aber ob Jupiter am Tage der Schöpfung wirklich gewußt hat, was er erschaffen wollte?

Jupiter. So wird behauptet.

Alkmene. Er hat die Erde erschaffen, ja. Aber die Schönheit der Erde erschafft sich selbst jede Minute neu. Gerade ihre Vergänglichkeit ist das Wunderbare an ihr. Und Jupiter ist viel zu ernsthaft und erhaben, als daß er so Vergängliches hätte schaffen wollen.

Jupiter. Du hast vielleicht keine rechte Vorstellung von der Erschaffung der Welt.

Alkmene. Sicher, ebensowenig wie von ihrem Ende. Ich bin von beiden gleich weit entfernt, und meine Erinnerung trügt mich ebensooft wie meine Ahnungen. Und du, Liebster? Du kannst sie dir vorstellen?

Jupiter. Ich sehe sie vor mir, genau... Im Anfang, da herrschte das Chaos... Und Jupiters Tat, sein wahrhaft großer Gedanke, war, es in vier Elemente zu scheiden.

Alkmene. Wir haben nur vier Elemente?

Jupiter. Vier, als erstes das Wasser; und das zu erschaffen, war gar nicht so einfach, das kannst du mir glauben! Wasser, das scheint etwas Selbstverständliches, so auf den ersten Blick. Aber das Wasser sich auszudenken, es vor sich zu sehen, bevor es war, das will schon etwas heißen!

Alkmene. Was weinten denn die Göttinnen damals – Bronze?

Jupiter. Unterbrich mich nicht, bitte. Ich möchte dir deutlich vor Augen führen, was Jupiter damals geleistet hat. Er kann dir leicht selber erscheinen, ganz plötzlich. Hättest du nicht den Wunsch, daß er's dir selbst erklärte, in seiner ganzen Größe?

Alkmene. Er wird das Erklären schon überhaben, er hat es so oft schon tun müssen. Du machst es mit mehr Phantasie.

Jupiter. Wo war ich stehengeblieben?

Alkmene. Beim Urchaos, wir waren fast fertig...

Jupiter. Ja, richtig. Da hatte Jupiter plötzlich die Vorstellung einer geschmeidigen, aber gediegenen Kraft, die fähig wäre, die Leere auszufüllen und alle Stöße einer noch unausgeglichenen Atmosphäre aufzufangen.

Alkmene. Und den Gischt hat er auch erdacht?

Jupiter. Nein, aber nachdem das Wasser entstanden war, kam ihm der Einfall, ihm Ufer zu geben, unregelmäßige, um so die Gewalt der Stürme zu brechen; und über die Fläche hin, daß nicht das Auge der Götter ständig belästigt würde durch einen spiegelnden Horizont, Stücke festen Landes zu streuen, lockeren Sand oder hartes Geröll. So ward die Erde erschaffen, und ihre Wunder...

Alkmene. Und die verschiedenen Kiefern?

Jupiter. Die Kiefern?

Alkmene. Die Pinien, Zedern, Zypressen, all diese grünen und blauen Kolonnen, ohne die eine Landschaft nicht lebt... und das Echo?

Jupiter. Das Echo?

Alkmene. Ebendas. Und die Farben? Hat er die Farben geschaffen?

Jupiter. Die sieben des Regenbogens, jawohl.

Alkmene. Ich meine das Goldkäfergold, Weinrot, Eidechsengrün, meine Lieblingsfarben.

Jupiter. Die Sorge hat er den Färbern überlassen. Aber er hat sich die vielerlei Schwingung des Äthers zunutze gemacht und bewirkt, daß durch die Erschütterungen des Hin- und Herpralls der Urteilchen und durch Strahlenbrechung und Widerbrechung quer durch das All tausend verschiedene Geflechte von Klängen und Farben sich spannen, wahrnehmbar oder nicht – ihm kann es schließlich gleichgültig sein – für die menschlichen Sinne.

Alkmene. Eben, das sage ich ja.

Jupiter. Was meinst du?

Alkmene. Daß er nichts gemacht hat! Außer uns in einen schrecklichen Wirrwarr von Betäubung und Trug zu stürzen, aus dem wir nun selber herausfinden müssen, ich und mein Liebster.

Jupiter. Lästere nicht, Alkmene; bedenk, daß die Götter dich hören!

Alkmene. Die Götter hören anders als wir Menschen. Diesen erhabenen Wesen klingt der Schlag meines Herzens gewiß deutlicher in den Ohren als mein Geschwätz, denn es ist der eines schlichten und redlichen Herzens. Und warum sollten sie's mir auch übelnehmen? Ich bin doch Jupiter keinen besonderen Dank schuldig dafür, daß er vier Elemente geschaffen hat, wo wir zwanzig nötig hätten, weil das schließlich seine Bestimmung war, von Ewigkeit her; während mein Herz allen Grund hat, Amphitryon dankbar zu sein, meinem Liebsten, der sich zwischen zwei Schlachten noch die Mühe gemacht hat, meinen Fenstern verstellbare Läden zu schaffen und sich für unsere Obstbäume eine neue Art der Veredelung auszudenken. Du hast für mich den Geschmack einer Kirsche verwandelt, die Natur des Lichtes in meinem Zimmer: du, du bist mein Schöpfer. Was siehst du mich so an, mit diesem Blick? Ich weiß, du bist kein Freund von Komplimenten. Nur auf mich möchtest du stolz sein können. Und jetzt bin ich dir sicher zu irdisch, nicht?

Jupiter *(indem er sich erhebt, sehr feierlich)*. Wärest du nicht gern weniger irdisch?

Alkmene. Das wäre doch nichts für dich.

Jupiter. Hast du dir nie gewünscht, göttlich zu sein, oder doch fast eine Göttin?

Alkmene. Gott bewahre! Wozu auch?

Jupiter. Um von jedermann verehrt und angebetet zu werden.

Alkmene. Das werde ich auch so, als Frau; und dazu gehört vielleicht mehr.

Jupiter. Um aller Schwere ledig zu sein, um auf den Wassern, auf Wolken zu wandeln.

Alkmene. Das tut doch jede gute Ehefrau unter der Last eines guten Mannes.

Jupiter. Um den Grund aller Dinge zu kennen, das Wesen anderer Welten.

Alkmene. Die Nachbarn haben mich nie interessiert.

Jupiter. Dann also, um unsterblich zu sein!

Alkmene. Unsterblich? Wozu? Was hat man davon?

Jupiter. Was man davon hat? Man stirbt eben nicht!

Alkmene. Und was tue ich dann, wenn ich nicht sterbe?

Jupiter. Dann, liebste Alkmene, wirst du ewig leben, in einen Stern verwandelt, und wirst in der Nacht funkeln bis ans Ende der Welt.

Alkmene. Das wann stattfinden wird?

Jupiter. Nie.

Alkmene. Reizender Lebensabend! Und was wird aus dir?

Jupiter. Ein stummer Schatten, verschwimmend in den Nebeln der Unterwelt, glücklich bei dem Gedanken, daß meine Gattin da droben flimmert, in der trockenen Luft.

Alkmene. Du bevorzugst doch sonst eher gemeinsame Freuden... Nein, mein Lieber, für diese Laufbahn dürfen die Götter auf mich nicht rechnen... Außerdem ist die Nachtluft gar nichts für meinen hellen Teint... Was würde ich für eine rauhe Haut bekommen in den Gründen der Ewigkeit!

Jupiter. Und in den Gründen des Todes? Wie kalt würdest du sein, wie unnütz!

Alkmene. Ich habe keine Angst vor dem Tod. Er ist der Preis des Lebens. Da dein Jupiter nun einmal, aus welchen Gründen immer, der Erde den Tod zugedacht hat, will ich ein Erdenkind sein bis zum Ende. Ich fühle mich zu sehr mit allen Fasern den anderen Menschen, den Tieren, ja selbst den Pflanzen verbunden, als daß ich mich von ihnen lossagen könnte. Sprich mir nicht vom Nicht-Sterben, solange es nicht auch unsterbliche Kräuter gibt. Unsterblich werden heißt für einen Menschen, zum Verräter werden. Und zudem: wenn ich an die große Ruhe denke, die der Tod allen unseren kleinen Müdigkeiten schenken wird, unseren kümmerlichen Sorgen, dann bin ich ihm dankbar für seine Fülle, ja, seine Unerschöpflichkeit... Sechzig Jahre lang sich geärgert haben über schlecht gefärbte Stoffe, über schlecht geratene Speisen, und dann endlich den Tod gewinnen, den beständigen, den unverrückbaren Tod: das ist ein Lohn so über alle Maßen... Was siehst du mich auf einmal so ehrfürchtig an?

Jupiter. Du bist das erste wirklich menschliche Wesen, dem ich begegne...

Alkmene. Das ist meine Stärke, dafür bin ich bekannt; du sagst mir nichts Neues. Von allen, die ich kenne, bin ich tatsächlich die, welche ihr Los am willigsten annimmt und liebt. Es gibt keine Wendung, keinen Schicksalsschlag im menschlichen Leben, von der Geburt bis zum Tod, den ich nicht gelten ließe, inbegriffen sogar die Mahlzeiten im Kreise der lieben Verwandten. Ich habe behutsame Sinne, die sich durch nichts beirren lassen. Ich bin gewiß, daß ich der einzige Mensch bin, der die Früchte, die Spinnen so sieht, wie sie sind, nicht größer und nicht kleiner, und der allen Freuden ihren wahren Geschmack abgewinnt. Und ebenso ist es mit meinem Verstand. Ich fühle ihn frei von jenem Stück Kinderspiel oder Irrtum, das sonst so leicht, unter dem Einfluß des Weines oder der Liebe, oder auch einer schönen Reise, den Wunsch nach Ewigkeit weckt.

Jupiter. Aber hättest du nicht gern einen Sohn, der weniger menschlich wäre als du, einen unsterblichen Sohn?

Alkmene. Es ist sehr menschlich, einen unsterblichen Sohn haben zu wollen.

Jupiter. Einen Sohn, bestimmt, der Helden größter zu werden, sich schon als Kind mit Löwen zu messen, mit gewaltigen Ungeheuern?

Alkmene. Schon als Kind! Eine Schildkröte wird er haben, als Kind, und einen Pudelhund!

Jupiter. Riesige Schlangen zu töten, die drohen, schon in der Wiege ihn zu erwürgen?

Alkmene. Ich würde ihn nie allein lassen. Solche Sachen passieren immer nur Kindern von Aufwartefrauen... Nein, er soll klein und hilflos sein, er soll weinen, wenn es ihm weh tut, und er soll sich vor jeder Fliege fürchten... Was hast du, was wirst du so unruhig?

Jupiter. Bleiben wir ernsthaft, Alkmene. Ist es wahr, daß du dich eher töten würdest, als deinem Gatten untreu zu werden?

Alkmene. Es ist nicht sehr nett von dir, daran zu zweifeln!

Jupiter. Aber es ist sehr gefährlich, sich das Leben zu nehmen!

Alkmene. Nicht für mich; und ich verspreche dir, Liebster, mein Tod wird nichts Tragisches haben. Wer weiß, vielleicht wird es heute abend schon sein, hier an dieser Stelle, wenn nachher in der Schlacht der Gott des Krieges dich niederstreckt, oder aus sonst einem Grunde; aber ich werde schon dafür sorgen, daß von den Zuschauern keiner bei dem Anblick ein Grauen empfindet, sondern daß alle getröstet und heiter nach Hause gehen. Es gibt gewiß, auch für einen Leichnam, ein bestimmtes Lächeln, eine Art, die Hände über der Brust zu kreuzen, die alles ins rechte Licht rückt.

Jupiter. Aber du könntest mit dir einen Sohn in den Tod reißen, kaum erst empfangen, ein halbes Leben!

Alkmene. Es wäre für ihn nur ein halber Tod. Und ein Triumph über sein künftiges Schicksal.

Jupiter. Und du sprichst von all dem so selbstverständlich, so ruhig, ohne je darüber nachgedacht zu haben?

Alkmene. Ohne darüber nachgedacht zu haben? Man fragt sich manchmal, woran diese jungen Frauen wohl denken, die immer lachen, immer gut aufgelegt sind und so schön rund um die Hüften, wie du es nennst. Vielleicht daran, wie sie am besten sterben könnten, ohne viel Aufhebens und ohne Umstände, wenn ihre Liebe beleidigt wird oder enttäuscht...

Jupiter *(erhebt sich, mit Würde)*. Teuerste Alkmene, hören

Sie mich an. Sie sind fromm, und ich sehe, Ihr Geist ist reif für das Geheimnis der Welt. Ich muß Ihnen eine Eröffnung machen...

Alkmene. Bitte nicht, Amphitryon, Liebster, bitte! Fang nicht wieder an, mich zu siezen. Ich weiß zu gut, wohin dieses feierliche Sie bei dir führt. Das ist deine Manier, zärtlich zu sein. Sie schüchtert mich ein. Denk dir doch für die Zukunft eine besondere Art aus, mich zu duzen, ohne auf das Du zu verzichten. Es gibt da Dutzende von Möglichkeiten.

Jupiter. Bitte, keine Scherze. Ich bin im Begriff, von den Göttern zu sprechen.

Alkmene. Von den Göttern!

Jupiter. Der Augenblick ist gekommen, Teuerste, Ihnen die Beziehungen zwischen den beiden Welten darzulegen, von der unverjährbaren Schuld zu sprechen, in der die Bewohner der Erde und ihre Frauen bei den Göttern stehen.

Alkmene. Bist du toll? Von den Göttern willst du sprechen, in dieser einzigen Stunde des Tages, wo die Menschen, trunken von Sonne, im ersten Schwung des Säens oder Fischens allein dem Menschsein gehören? Außerdem erwartet dich die Armee. Es bleibt dir nicht mehr viel Zeit, wenn du noch vor dem Frühstück den einen oder anderen Feind töten willst. Geh jetzt, Geliebter, dann kannst du früher zurück sein; außerdem hat deine Gattin sich um den Haushalt zu kümmern. Ich muß hier auch auf dem Posten sein... Wenn Sie nicht gehen wollen, Verehrter, dann muß auch ich ein ernstes Wort mit Ihnen sprechen, allerdings nicht über die Götter, sondern über die Dienstboten. Ich fürchte, von unserer Nenetza müssen wir uns trennen. Abgesehen von ihrer Manie, in den Mosaiken nur die schwarzen Steine zu scheuern, ist sie jetzt auch noch – um mit Ihnen zu sprechen – den Göttern zu Willen gewesen und erwartet ein Kind.

Jupiter. Alkmene! Teure Alkmene! Die Götter erscheinen in ebender Stunde, da wir sie am wenigsten erwarten.

Alkmene. Amphitryon, teurer Gemahl! Die Frauen entschwinden im Augenblick, da wir sie sicher zu halten meinen!

Jupiter. Sie sind schrecklich in ihrem Zorn. Sie lassen sich nicht befehlen noch spotten.

Alkmene. Aber du, Geliebter, du läßt dir alles gefallen, und gerade darum liebe ich dich... Selbst einen Kuß aus der Ferne, ein Kußhändchen! ... Auf heute abend ... Gott befohlen! ... *(Sie geht ab.)*

*(Merkur tritt ein.)*

## DRITTE SZENE

*Jupiter. Merkur.*

Merkur. Was ist denn, Jupiter? Ich hatte erwartet, Sie strahlend aus dieser Tür treten zu sehen, wie bisher noch aus allen Schlafgemächern, und jetzt ist es Alkmene, die als erste davoneilt, recht von oben herab und in keiner Weise beeindruckt?

Jupiter. Man kann nicht behaupten, daß sie es wäre.

Merkur. Was bedeutet diese senkrechte Falte zwischen Ihren Brauen? Ist das ein Donnermal? Ein unheilkündendes Zeichen des Grolls, den Sie gegen die Menschheit hegen?

Jupiter. Diese Falte?... Das ist eine Runzel.

Merkur. Jupiter kann keine Runzeln haben; die hängt Ihnen noch von Amphitryon an.

Jupiter. Nein, nein, das ist meine eigene. Und ich weiß jetzt auch, woher die Menschen sie haben, diese Runzeln, die uns immer so rätselhaft waren: von der Unschuld und von der Lust.

Merkur. Aber was sehen Sie so erschöpft aus? Ganz gebeugt sind Sie plötzlich.

Jupiter. Das trägt sich nicht leicht, eine Runzel.

Merkur. Sind Sie am Ende ein Opfer jener berühmten Auszehrung, die sich die Menschen an der Liebe holen?

Jupiter. Ich glaube fast, ich bin ein Opfer der Liebe.

Merkur. Es wäre nicht das erste Mal.

Jupiter. Zum erstenmal habe ich heute ein Menschengeschöpf in den Armen gehalten, ohne es zu sehen, ohne es zu hören... Und ich habe es verstanden.

Merkur. Wie haben Sie sich gefühlt?

Jupiter. Als ob ich Amphitryon wäre. Alkmene hat über mich triumphiert. Vom Abend bis zum Morgen ist es mir nicht gelungen, ihr gegenüber ein anderer zu sein als ihr Mann. Eben noch wollte ich ihr – es ergab sich so im Lauf des Gesprächs – die Schöpfung erklären. Ich habe nur die Sprache eines Schulmeisters gefunden, während mir jetzt vor dir mein ganzer göttlicher Wortschatz zuströmt. Soll ich sie dir nicht erklären, die Schöpfung? Wie wär's?

Merkur. Daß Sie die Schöpfung nochmals vollziehen, das ließe ich mir gefallen, zur Not. Aber das wäre das Äußerste.

Jupiter. Merkur, das Menschenwesen ist nicht, was die Götter meinen! Wir glauben immer, die Menschen seien eine Verhöhnung unserer Natur. Das Schauspiel ihres Stolzes ist so erheiternd, daß wir sie gerne glauben lassen, es herrsche ein ewiger Widerstreit zwischen den Göttern und ihnen. Wir haben uns die größte Mühe gegeben, ihnen den Gebrauch des Feuers aufzudrängen, damit sie behaupten konnten, sie hätten es uns geraubt; in ihre unergiebige Hirnmasse die feinsten Windungen einzuzeichnen, damit sie den Webstuhl, das Zahnrad, das Olivenöl erfinden und sich einbilden konnten, sie hätten all das uns abgerungen... Aber dieser Zwiespalt ist wirklich, und ich bin heute sein Opfer.

Merkur. Sie übertreiben die Macht Alkmenens.

Jupiter. Ich übertreibe nicht. Alkmene, die zarte Alkmene, ist von einer Art, die unseren Gesetzen einen Widerstand entgegenhält, härter als der Fels. Sie ist der wahre Prometheus.

Merkur. Es fehlt ihr einfach an Phantasie. Es ist der Funke der Phantasie, der das Gehirn der Menschen für unser Spiel erleuchtet.

Jupiter. Alkmene verschließt sich jeder Erleuchtung. Sie ist weder für den Glanz empfänglich, noch für den Schein. Sie hat keine Phantasie, mag sein auch nicht viel Verstand. Aber es ist etwas in ihr, etwas Unzugängliches, vielleicht auch Unzulängliches, das muß das Unendliche im Menschen sein. Ihr Leben ist wie ein Kristall, in dem das gemeinsame Erbteil von Göttern und Menschen – Mut, Liebe, Leidenschaft – sich bricht in rein menschliche Eigenschaften: Sanftmut, Treue, Hingabe, vor denen unsere Macht versagt. Sie ist die einzige Frau, deren Anblick ich angekleidet, verschleiert ertrüge; die noch entfernt mir gegenwärtig bleibt; die mir in ihrer Geschäftigkeit ebenso reizvoll erscheint wie im Genießen. Ihr bei Tisch gegenübersitzen, ach! nur beim Frühstückstisch, ihr das Salz reichen, den Honig, die Gewürze, von denen ihr Blut und ihre Wärme sich nähren, ihre Hand streifen, mit der sie den Löffel hält, ihren Teller – daran denke ich jetzt, ich kann an nichts anderes denken! Mit einem Wort, Merkur, ich liebe sie; und ich sage dir: ihr Sohn wird mein Lieblingssohn sein.

Merkur. Darüber ist das Weltall sich schon im klaren.

Jupiter. Das Weltall! Ich denke, es weiß noch keiner von dem Ereignis?

Merkur. Alles, was Ohren hat auf dieser Welt, weiß, daß Jupiter heute Alkmene mit seinem Besuche beehrt. Alles, was Zunge hat, ist dabei, die Neuigkeit zu verbreiten. Bei Sonnenaufgang habe ich alles verkündet.

Jupiter. Du hast mich verraten! Arme Alkmene!

Merkur. Ich habe das gleiche getan wie in allen früheren Fällen; es wäre das auch die erste von Ihren Liebschaften, die ein Geheimnis bliebe. Sie haben nicht das Recht, mit Ihrer Liebestätigkeit hinter dem Berge zu halten, und sei es auch nur in einem Falle.

Jupiter. Was hast du bekanntgemacht? Daß ich gestern abend die Gestalt Amphitryons angenommen habe?

Merkur. Wo denken Sie hin! Diese wenig göttliche List könnte Ihnen schlecht ausgelegt werden. Da Ihr Verlangen, noch eine Nacht in Alkmenens Arm zu verbringen, durch alle Mauern und Wände sprang, habe ich verkündet, sie werde heute abend den Besuch Jupiters empfangen.

Jupiter. Wem hast du das verkündet?

Merkur. Den Lüften zunächst, den Wassern, wie es mein Amt

ist. Hören Sie: alle Wellen, die trockenen und die feuchten, reden über nichts anderes – in ihrer Sprache natürlich.

Jupiter. Sonst niemandem?

Merkur. Und einer alten Frau, unten vor dem Palast.

Jupiter. Der tauben Pförtnerin? Wir sind verloren!

Merkur. Warum diese Menschenworte, Jupiter? Sie reden mir wie ein rechter Liebhaber. Hat Alkmene Ihnen denn Stillschweigen auferlegt bis an den Tag, an dem sie durch Sie dieser Erde entrückt wird?

Jupiter. Das ist doch das Unglück! Alkmene weiß von nichts. Hundertmal im Lauf dieser Nacht wollte ich ihr zu verstehen geben, wer ich bin. Hundertmal hat sie, mit einem stillen oder heiteren Wort, die göttliche Wahrheit in menschliche Wahrheit verwandelt.

Merkur. Und sie hat keinen Verdacht geschöpft?

Jupiter. Nicht den geringsten, und allein der Gedanke an diese Möglichkeit ist mir unerträglich... Was ist das für ein Lärm?

Merkur. Meine schwerhörige Alte hat ihre Schuldigkeit getan. Theben schickt sich an, Ihre Vereinigung mit Alkmene zu feiern... Eine Prozession formiert sich, man scheint im Begriff, zum Palast heraufzusteigen...

Jupiter. Das darf nicht geschehen! Leite sie um nach dem Meer, es soll sie verschlingen.

Merkur. Unmöglich, es sind Ihre eigenen Priester.

Jupiter. Das wird sie lehren, an mich zu glauben.

Merkur. Sie vermögen nichts gegen die Gesetze, die Sie selber erlassen haben. Das ganze Weltall weiß, daß Jupiter heute Alkmene einen Sohn zeugen wird. Es kann nicht schaden, wenn auch Alkmene davon erfährt.

Jupiter. Das erträgt Alkmene nicht.

Merkur. Mag sie doch leiden darunter! Der Anlaß lohnt dieses Leiden.

Jupiter. Nicht leiden wird sie! Sie wird sich, da gibt es für mich keinen Zweifel, sie wird sich töten. Und mein Sohn Herkules wird mit ihr sterben... Und dann kann ich mir wieder, wie damals für dich, den Schenkel oder die Wade öffnen, um monatelang einen Embryo mit mir herumzutragen. Ich danke! Ist die Prozession schon im Gange?

Merkur. Langsam, aber sicher.

Jupiter. Zum ersten Mal, Merkur, geht es mir auf, daß ein guter Gott ein schlechter Mensch sein kann... Was sind das für Gesänge?

Merkur. Das sind die Jungfrauen, sie sind hingerissen von der Neuigkeit. Sie nahen sich im feierlichen Gänsemarsch, um Alkmene zu beglückwünschen.

Jupiter. Du hältst es also wirklich nicht für nötig, diese Priester zu ersäufen, diesen Jungfrauen einen kleinen Morgensonnenstich zu versetzen?

Merkur. Ja, was ist denn Ihr Wunsch?

Jupiter. Was eben ein Mensch sich wünscht, ach! tausend widersprüchliche Wünsche. Daß Alkmene ihrem Mann treu sei und sich mir mit Leidenschaft hingibt. Daß sie keusch bleibe unter meinen Liebkosungen und schon bei meinem Anblick verzehrt wird von verbotenen Begierden. Daß sie von dieser ganzen Intrige nichts ahne, und daß sie sie von ganzem Herzen billigt.

Merkur. Mir schwirrt der Kopf... Ich habe jedenfalls meinen Auftrag erfüllt. Das Weltall weiß, wie befohlen, daß Sie heute bei Alkmene schlafen werden... Wünschen Sie noch irgend etwas?

Jupiter. Ja. Sorg mir dafür, daß ich's wirklich tue!

Merkur. Und zwar, wenn ich recht vermute, nicht ohne den berühmten Augenblick des Gewährens, von dem Sie gestern sprachen?

Jupiter. Ja, Merkur. Es handelt sich nicht mehr um Herkules. Die Sache Herkules ist glücklich erledigt. Es handelt sich um mich. Du mußt zu Alkmene gehen, du mußt sie auf meinen Besuch vorbereiten, du mußt ihr meine Liebe schildern... Erscheine ihr... Errege ihre Menschlichkeit, zu meinem Nutzen, schon durch dein Fluidum eines Gottes von niederem Rang. Ich erlaube dir, ihr zu nahen, sie zu berühren. Verwirre zuerst ihre Seele, dann ihr Blut, dann ihren Stolz. Und laß dir gesagt sein, ich werde diese Stadt nicht verlassen, bis sie sich nicht aus freien Stücken mir zu Ehren hingelegt hat. Und nichts mehr von dieser erniedrigenden Maskerade! Ich werde als Gott zu ihr kommen.

Merkur. Das soll ein Wort sein! Wenn Sie Ihr Inkognito aufgeben, werde ich Alkmene sehr bald beredet haben, Sie bei Sonnenuntergang zu erwarten, verlassen Sie sich darauf. Da kommt sie gerade. Entfernen Sie sich.

Alkmene *(rufend)*. Hoho! Geliebter!

Echo. Geliebter!

Jupiter. Ruft sie mich?

Merkur. Sie spricht mit ihrem Echo von Amphitryon. Und Sie behaupten, sie sei nicht kokett! Immerfort spricht sie mit diesem Echo. Selbst für ihre Worte hat sie einen Spiegel. Kommen Sie, Jupiter, sie wird gleich hier sein.

Jupiter. Sei mir gegrüßt! Bleibe rein und keusch, so rein, so keusch... Was gibt's da zu lächeln? Hast du die Worte schon früher gehört?

Merkur. Ja, im voraus. Ich habe sie im voraus gehört. Ferne Jahrhunderte rufen mir zu... Gehen wir jetzt, da ist sie!

## VIERTE SZENE

*Alkmene und Ekklissa, die Amme, treten von entgegengesetzten Seiten auf.*

Alkmene. Ekklissa! Du bist ja so aufgeregt.

Ekklissa. Ich bringe die Verbenen, Herrin, seine Lieblingsblumen.

Alkmene. Lieblingsblumen? Wessen? Ich mag Rosen lieber.

Ekklissa. Ihr wärt imstande, Herrin, diese Kammer mit Rosen zu schmücken, an diesem Tage?

Alkmene. Warum nicht?

Ekklissa. Man hat mir immer gesagt, Jupiter kann Rosen nicht ausstehen. Aber vielleicht habt Ihr auch ganz recht, wenn Ihr die Götter einfach wie Menschen behandelt. Da müssen sie sich benehmen. Soll ich den großen roten Vorhang aufhängen?

Alkmene. Den guten? Aber nein! Den gewöhnlichen Leinenvorhang.

Ekklissa. Wie schlau Ihr seid, Herrin! Ich finde es sehr richtig, daß Ihr den Palast lieber häuslich gemütlich macht, anstatt ihn groß festlich aufzuputzen. Ich habe auch schon Pastetchen gebacken und Ambra ins Bad getan.

Alkmene. Das ist recht. Es ist sein Lieblingsparfüm, Amphitryon wird sich freuen.

Ekklissa. Freilich, der gnädige Herr wird jetzt auch sehr stolz sein und sehr glücklich.

Alkmene. Wie soll ich das verstehen, Ekklissa?

Ekklissa. O liebste Herrin, da wird nun Euer Name berühmt werden für alle Zeiten, und meiner auch vielleicht, Täubchen, weil ich deine Amme gewesen bin. Von meiner Milch hast du die roten Bäckchen.

Alkmene. Ist denn Amphitryon ein besonderes Glück widerfahren?

Ekklissa. Noch nicht, aber bald! Der höchste Ruhm, die höchste Ehre, die sich ein Fürst nur erträumen kann.

Alkmene. Der Sieg?

Ekklissa. Sieg, ei ja! Und über den größten der Götter! Hört Ihr?

Alkmene. Was bedeutet diese Musik und dieses Geschrei?

Ekklissa. Was wird sein, beste Herrin! Ganz Theben weiß doch die Neuigkeit! Und alles freut sich, alles beglückwünscht sich, weil wir jetzt wissen, daß die Götter es Euretwegen mit uns besonders gut meinen.

Alkmene. Amphitryons wegen!

Ekklissa. Sicher ist es auch ihm zu Ehren, aber –

Alkmene. Ihm allein!

Ekklissa. Nein, Herrin, Euch. Ganz Griechenland ist schon voll von Eurem Ruhm. Unsere Hähne, sagen die Priester, krähen seit heute einen Ton höher. Leda, Königin Leda von Sparta, für die Jupiter sich damals in einen Schwan verwandelt hat, ist gerade auf der Durchreise in Theben und möchte Euch jetzt unbedingt einen Besuch abstatten. Soll ich ihr sagen, daß sie kommen kann?

Alkmene. Gewiß doch...

Ekklissa. Ach Herrin, Täubchen! Wer dich gesehen hat so wie ich, alle Tage im Bad, den wundert's nicht, daß die Götter nun endlich ihren Tribut von dir fordern.

Alkmene. Ich verstehe dich nicht. Ist Amphitryon ein Gott geworden?

Ekklissa. Das nicht, aber sein Sohn wird ein Halbgott werden. *(Beifall, Gesänge, Musik.)* Das sind die Jungfrauen. Sie haben die Prozession weit überholt, auf dem steilen letzten Stück hier herauf, bis auf Alexeia, diese Schlumpe, natürlich! Die läßt sich von den Priestern festhalten. Zeigt Euch lieber nicht, Herrin, das ist würdevoller ... Ich werde zu ihnen sprechen, wenn Ihr gestattet ... Ob die Fürstin da ist, meine Kleinen? Ja, ja, sie ist da! *(Alkmene geht auf und ab, leicht gereizt.)* Sie liegt behaglich ausgestreckt auf ihrem Ruhebett. Ihre Blicke hängen verloren an einer gewaltigen goldenen Kugel, die sich aus heiterem Himmel auf uns herabgesenkt hat. Mit der rechten Hand führt sie einen Verbenenstrauß zum Gesicht. Mit der Linken gibt sie einem Riesenadler, der eben durchs Fenster geflattert kam, Diamanten zu knabbern.

Alkmene. Laß deine Späße, Ekklissa. Man kann einen Sieg auch feiern, ohne närrisch zu werden.

Ekklissa. Ihr Gewand –? Welches Gewand sie trägt, wollt ihr wissen? Nein, sie ist nicht nackt. Sie trägt eine Tunika aus einem fremden seltenen Leinen, das man Seide nennt, abgesetzt mit einem neuen Rot, Krapprot geheißen. Ihr Gürtel? Warum sollte sie keinen Gürtel haben? Warum dieses Lachen da hinten, ja, du, Alexeia? Laß mich das nicht noch einmal hören! Ihr Gürtel ist aus Platin und Jade. Ob sie ihm ein Mahl bereitet?... Ihr Parfüm?

Alkmene. Bist du bald fertig, Ekklissa?

Ekklissa. Sie möchten noch dein Parfüm wissen. *(Alkmene droht ihr.)* Das ist ein Geheimnis, meine Kleinen, aber heute abend wird ganz Theben danach duften... Sie soll kein Stern werden, den man nur alle halben Jahre sieht? Ja, ich werde ihr sagen, sie soll sich vorsehen. Und wie alles vor sich gehen wird? Ja, ich verspreche es euch, Jungfrauen, ich werde euch nichts verheimlichen. Lebt wohl ... Da gehen sie hin, Alkmene. Sie zeigen ihre entzückenden Rücken und wenden den Kopf und lächeln zurück! O wie schön, so ein Rücken, wenn ihn ein Lächeln verklärt! Die süßen Geschöpfe!

Alkmene. So verrückt kenne ich dich gar nicht.

Ekklissa. Ach ja, Herrin, verrückt vor Freude, verrückt vor Aufregung! Denn in welcher Gestalt wird er kommen? Durch den Himmel, durch die Erde, durch das Wasser? Als Gott, als Tier, oder als Mensch? Ich wage schon keinen Vogel mehr zu verscheuchen, vielleicht ist er gerade einer von ihnen. Ich habe mich nicht getraut, dem zahmen Rehbock einen Klaps zu geben, wie er mich eben verfolgt und gestoßen hat. Da, hört Ihr, das ist das liebe Tier, es scharrt und schreit draußen im Vorzimmer. Soll ich's nicht doch hereinlassen? Aber wer weiß, vielleicht ist es auch dieser Wind, der durch die Vorhänge fährt! Ich hätte doch den roten aufziehen sollen! Vielleicht ist Er es, der deiner alten Amme in diesem Augenblick über die Schultern streicht. Ich zittere, ein Luftzug schüttelt mich. Ach, ich stehe in den Fußtapfen eines Unsterblichen! O Herrin, das hat Jupiter heute besonders geschickt angestellt: jedes von seinen Wesen, jede seiner Bewegungen kann man für einen Gott halten! Oh! Sieh nur, was da hereinkommt, durchs Fenster!

Alkmene. Siehst du denn nicht, es ist eine Biene... Jag sie weg!

Ekklissa. Bloß nicht! Sie ist es! Er ist es, meine ich; das heißt, er in ihr! Nicht bewegen, Herrin, ich flehe Euch an! Sei uns gegrüßt, o göttliche Biene! Wir haben dich erkannt.

Alkmene. Sie kommt auf mich zu! Hilfe!

Ekklissa. Wie schön du bist, wenn du dich so zu bewahren suchst! Ach, Jupiter hat ja so recht, dich zu diesem Tanz aus Angst und Freude zu bewegen! Nichts offenbart so gut deine Reinheit und deine Reize... Gleich wird sie dich stechen.

Alkmene. Aber ich will nicht gestochen werden!

Ekklissa. O wonnevoller Stich! Laß dich nur stechen, o Herrin! Laß sie sich niedersetzen auf deine Wange. Oh, er ist es bestimmt, er sucht deine Brust! *(Alkmene schlägt nach der Biene, zertritt sie und stößt sie mit dem Fuße von sich.)* Himmel! Was hast du getan? Wie! Kein Donner, kein Blitz? Elendes Insekt, uns so bange zu machen!

Alkmene. Willst du mir endlich dein Betragen erklären, Ekklissa?

Ekklissa. Vor allem, Herrin, empfangt Ihr jetzt die Abordnungen, die Euch beglückwünschen kommen?

Alkmene. Amphitryon wird sie morgen mit mir zusammen empfangen.

Ekklissa. Freilich, das ist auch natürlicher... Ich bin gleich wieder da, Herrin. Ich hole nur eben Leda.

## FÜNFTE SZENE

*Alkmene. Merkur.*

*Alkmene geht, etwas unruhig, einige Schritte durchs Zimmer. Als sie sich umwendet, sieht sie sich Merkur gegenüber.*

Merkur. Meinen Gruß, Fürstin.

Alkmene. Sind Sie ein Gott, so hereinzukommen, mit solcher Kühnheit und solcher Zurückhaltung?

Merkur. Ein übelbeleumdeter Gott, aber ein Gott.

Alkmene. Merkur, dem Gesicht nach zu urteilen?

Merkur. Danke. Sonst erkennen mich die Menschen an meinen Füßen, an den Flügeln meiner Füße. Sie sind entweder scharfsinniger oder verstehen es besser, zu schmeicheln.

Alkmene. Ich bin sehr glücklich, einen Gott zu sehen.

Merkur. Wenn Sie ihn etwa berühren wollen? Ich ermächtige Sie, es zu tun. Ich sehe es Ihren Händen an, daß Sie ein Recht dazu haben ... *(Alkmene streicht leicht über den nackten Arm Merkurs, berührt sein Gesicht.)* Die Götter interessieren Sie, wie ich sehe.

Alkmene. Meine ganze Jugend habe ich damit verbracht, sie

mir vorzustellen, ihnen Zeichen zu geben. Endlich ist einer von ihnen gekommen!... Ich streichle den Himmel!... Ich liebe die Götter.

Merkur. Alle? Diese Liebe umfaßt auch mich?

Alkmene. Die Erde liebt sich im Einzelnen, der Himmel im Ganzen. Sie haben übrigens einen besonders schönen Namen, Merkur. Man sagt auch, daß Sie der Gott der Beredsamkeit sind... Ich habe das sofort gesehen, gleich bei Ihrem Erscheinen.

Merkur. An meinem Schweigen? Auch Ihr Gesicht ist ein schönes Wort... Und ist Ihnen unter den Göttern nicht einer der liebste?

Alkmene. Ja, natürlich, wie mir auch unter den Menschen einer der liebste ist...

Merkur. Welcher?

Alkmene. Muß ich seinen Namen sagen?

Merkur. Soll ich Ihnen die Götter aufzählen, der amtlichen Rangliste nach, bis Sie halt sagen?

Alkmene. Ich sage halt. Es ist der erste.

Merkur. Jupiter?

Alkmene. Jupiter.

Merkur. Sie setzen mich in Erstaunen. Lassen Sie sich von dem Titel »Gott der Götter« derart beeindrucken? Ist dieser Gipfel des Müßiggangs, diese Stellung als Aufseher ohne besondere Aufgaben auf dem göttlichen Bauplatz nicht eher geeignet, Sie gegen ihn einzunehmen?

Alkmene. Er hat die besondere Aufgabe, Gott zu sein. Das ist schon etwas.

Merkur. Er versteht nichts von der Beredsamkeit, von der Goldschmiedekunst, von Himmelsmusik oder Kammermusik. Er hat keinerlei Fähigkeiten.

Alkmene. Er ist schön, melancholisch und hat auf seinen erhabenen Zügen keine von jenen Eigenheiten, die den Gesichtern der schmiedenden oder dichtenden Götter anhaften.

Merkur. Er ist schön, gewiß – und ein Schürzenjäger.

Alkmene. Es ist nicht recht, daß Sie von Ihrem Herrn so sprechen. Glauben Sie, ich begriffe nicht den Sinn jener plötzlichen Leidenschaften, die Jupiter in die Arme einer Sterblichen stürzen? Ich kenne mich aus in dem, was man Veredeln nennt, durch meinen Gatten, der, wie Sie vielleicht dort oben wissen, die Veredelung der Kirschen erfunden hat. Auch in der Schule hat man uns beigebracht, daß eine Kreuzung mit der Schönheit und selbst mit der Reinheit sich nur durch jene Besuche vollziehen läßt, bei Frauen, denen diese Sendung zur höchsten Ehre gereicht. Verstimmt es Sie, daß ich Ihnen das sage?

Merkur. Es entzückt mich... Also scheint das Los einer Leda, einer Danae, aller jener, die Jupiter einst geliebt hat oder noch lieben wird, Ihnen ein glückliches Los?

Alkmene. Unendlich glücklich.

Merkur. Beneidenswert?

Alkmene. Höchst beneidenswert.

Merkur. Kurz, Sie beneiden sie?

Alkmene. Ob ich sie beneide? Warum diese Frage?

Merkur. Erraten Sie es nicht? Ahnen Sie nicht, warum ich hier bin und was ich Ihnen anzukündigen habe, als Bote meines Herrn?

Alkmene. Sagen Sie es nur.

Merkur. Daß er Sie liebt... Daß Jupiter Sie liebt.

Alkmene. Jupiter kennt mich? Jupiter geruht, von mir zu wissen?

Merkur. Seit vielen Tagen sieht er auf Sie, er läßt Sie nicht aus den Augen, Sie sind beschlossen in seinem strahlenden Blick.

Alkmene. Seit vielen Tagen?

Merkur. Und seit vielen Nächten. Sie erbleichen?

Alkmene. Es ist wahr, ich sollte erröten!... Verzeihen Sie, Merkur. Aber mich schmerzt der Gedanke, daß ich dieses Blickes nicht immer würdig gewesen bin! Wenn ich nur eher davon gewußt hätte!

Merkur. Und was soll ich ihm sagen?

Alkmene. Sagen Sie ihm, daß ich von nun an dieser Gunst würdig sein will. Ein Altar aus Silber ist ihm bereits im Palast errichtet. Gleich nach Amphitryons Rückkehr werden wir ihm einen goldenen weihen.

Merkur. Es ist nicht Ihr Altar, wonach ihn verlangt.

Alkmene. Alles hier gehört ihm! Er möge nur geruhen, unter den Dingen zu wählen, die mir die liebsten sind.

Merkur. Er hat gewählt, und er wird heute bei Sonnenuntergang kommen, um den Gegenstand seiner Wahl in Besitz zu nehmen.

Alkmene. Welchen?

Merkur. Ihr Bett. *(Alkmene zeigt sich nicht übermäßig erstaunt.)* Machen Sie sich bereit! Ich habe der Nacht soeben meine Befehle erteilt. Dieser eine Tag wird ihr kaum genügen, allen Prunk und Schall einer himmlischen Hochzeitsnacht aufzubieten. Weniger eine Nacht wird es sein als ein Vorgeschmack Ihrer künftigen Unsterblichkeit. Ich bin glücklich, dieses Stück Ewigkeit Ihren vergänglichen Stunden einfügen zu dürfen. Es ist mein Hochzeitsgeschenk. Sie lächeln?

Alkmene. Darf ich es nicht?

Merkur. Und warum dieses Lächeln?

Alkmene. Ganz einfach, weil hier eine Verwechslung vorliegt, Merkur. Ich bin Alkmene, und Amphitryon ist mein Gatte.

Merkur. Die Gatten stehen ganz außerhalb der Schicksalsgesetze der Welt.

Alkmene. Ich bin die unkundigste aller Thebanerinnen. Ich bin immer eine schlechte Schülerin gewesen, und außerdem habe ich alles vergessen. Man sagt, ich sei nicht sehr klug.

Merkur. Da bin ich anderer Meinung.

Alkmene. Ich darf darauf hinweisen, daß es im Augenblick nicht um Sie geht, sondern um Jupiter. Jupiter zu empfangen aber bin ich nicht würdig. Er hat mich immer nur in seinem Licht gesehen. Mein eigenes Licht ist unendlich viel schwächer.

Merkur. Von droben sieht man Ihre Gestalt die griechische Nacht erhellen.

Alkmene. Ja, ich habe da Puder und Salben... Das mag soweit

noch angehen, mit Hilfe von Scherchen und Feilen. Aber ich kann weder schreiben noch denken.

Merkur. Reden können Sie recht gut, wie ich höre. Außerdem werden die Dichter der Nachwelt sich Ihrer Gespräche von heute nacht annehmen.

Alkmene. Meinetwegen auch alles übrigen.

Merkur. Warum diese Worte, die alles entwerten, was sie berühren? Glauben Sie, den Göttern zu entrinnen, indem Sie alles herunterreißen, was Ihnen zu hoch ist an Adel und Schönheit? Ermessen Sie so wenig die Größe Ihrer Rolle?

Alkmene. Davon rede ich doch fortwährend! Diese Rolle steht mir nicht zu. Ich lebe in einer Luft, die so irdisch ist wie nur möglich, und keine Gottheit könnte sie lange ertragen.

Merkur. An eine Bindung ist nicht gedacht; es handelt sich um ein paar Stunden.

Alkmene. Sie verstehen mich falsch. Die Beständigkeit Jupiters, wie ich sie mir vorstelle, könnte mich kaum überraschen. Es ist sein Interesse an mir, das mich erstaunt.

Merkur. An Wuchs kann sich keine mit Ihnen messen.

Alkmene. Mein Wuchs, zugegeben. Weiß er auch, daß meine Haut im Sommer scheußlich verbrennt?

Merkur. Ihre Hände schmücken die Blumen in Ihren Gärten.

Alkmene. Meine Hände, ganz schön und gut. Aber man hat nur zwei Hände, und ich habe einen Zahn zuviel.

Merkur. Ihr Gang quillt über von Verheißungen.

Alkmene. Das will nichts sagen, im Gegenteil. In der Liebe bin ich nicht sehr fortgeschritten.

Merkur. Es hat keinen Zweck, zu lügen. Jupiter hat Sie auch dabei beobachtet.

Alkmene. Man kann sich verstellen...

Merkur. Genug geredet und genug geziert... Was sehe ich, Alkmene, Tränen in Ihren Augen? Sie weinen, jetzt, wo Ihnen zu Ehren ein Freudenregen auf die Menschheit fallen soll? Denn Jupiter hat es beschlossen. Er weiß, daß Sie gut sind und daß Sie solchen Segen einem goldenen Regen vorziehen. Ein

Jahr der Freude beginnt heute abend für Theben. Keine Seuche mehr, keine Hungersnot, kein Krieg.

Alkmene. Kommen Sie auch noch damit!

Merkur. Und die Kinder Ihrer Stadt, die der Tod in dieser Woche hinwegnehmen sollte – es sind acht, wenn Sie es wissen wollen, vier Knaben und vier Mädchen, darunter Ihre kleine Charissa – werden mit dieser Nacht gerettet sein.

Alkmene. Charissa? Das nennt man Erpressung!

Merkur. Gesundheit und Glück sind die einzigen Druckmittel der Götter... Hören Sie? Diese Gesänge, diese Musik, diese Begeisterung, alles gilt Ihnen. Ganz Theben weiß, daß Sie heute abend Jupiter empfangen werden, und schmückt sich für Sie und jubelt. Die Kranken, die Armen, alle, die Ihnen Leben und Glück verdanken werden. Jupiter wird sie heilen oder mit Reichtümern überschütten, bei seinem Einzug, wenn die Sonne sinkt. Nun wissen Sie alles. Leben Sie wohl, Alkmene.

Alkmene. Ach! So war das dieser Sieg! Sie wollen gehen, Merkur?

Merkur. Ich gehe. Ich werde Jupiter melden, daß Sie ihn erwarten.

Alkmene. Sie müßten lügen. Ich kann ihn nicht erwarten.

Merkur. Was sagen Sie?

Alkmene. Ich werde ihn nicht erwarten. Ich flehe Sie an, Merkur. Wenden Sie Jupiters Gunst von mir ab.

Merkur. Ich verstehe Sie nicht.

Alkmene. Ich kann nicht Jupiters Geliebte sein.

Merkur. Warum nicht?

Alkmene. Er würde mich nachher verachten.

Merkur. Spielen Sie nicht die Naive.

Alkmene. Ich bin gottlos. Ich lästere in der Liebe.

Merkur. Sie lügen. Ist das alles?

Alkmene. Ich bin erschöpft, ich bin krank.

Merkur. Das ist nicht wahr. Hoffen Sie nicht, einen Gott abzuwehren mit Waffen, wie sie die Männer fernhalten.

Alkmene. Ich liebe einen Mann.

Merkur. Welchen Mann?

Alkmene. Meinen Gatten.

*(Merkur, der gegen sie geneigt stand, richtet sich wieder auf.)*

Merkur. Ah, Sie lieben Ihren Gatten?

Alkmene. Ich liebe ihn.

Merkur. Aber das setzen wir ja voraus! Jupiter ist nicht irgendein Mann, er wählt seine Geliebten nicht unter den untreuen Frauen. Und bitte, stellen Sie sich nicht unschuldiger, als Sie sind. Wir kennen Ihre Träume.

Alkmene. Meine Träume?

Merkur. Wir wissen, daß Sie träumen. Auch treue Frauen träumen zuweilen, sie lägen nicht im Arme des Gatten.

Alkmene. Sondern in niemandes Armen.

Merkur. Es geschieht selbst den treuesten Gattinnen, daß sie den Gatten Jupiter nennen. Wir haben es wohl gehört.

Alkmene. Mein Mann kann mir Jupiter sein. Jupiter kann nicht mein Mann sein.

Merkur. Sie sind wahrhaftig, was man einen Widerspruchsgeist nennt! Zwingen Sie mich doch nicht, im groben mit Ihnen zu sprechen und Ihnen zu zeigen, was hinter Ihrer vermeintlichen Sittsamkeit steckt. In Ihren Worten finde ich Sie schamlos genug.

Alkmene. Würde ich nackt überrascht, ich müßte mich wehren mit meinen bloßen Händen und Füßen. Sie lassen meinen Worten keine Wahl.

Merkur. Dann also ohne Umschweife: Jupiter verlangt nicht unbedingt, als Mann Ihr Bett zu besteigen …

Alkmene. Auch Frauen haben dort keinen Zutritt. Das dürfte Ihnen nicht entgangen sein.

Merkur. Es ist uns nicht entgangen, daß gewisse Schauspiele der Natur, gewisse Düfte, gewisse Gestalten Sie zärtlich erregen, an Seele wie an Leib, und daß oft, selbst an Amphitryons Arm, ein stürmisches Bangen in Ihnen aufspringt vor bestimmten Dingen und Wesen. Sie schwimmen gern. Jupiter könnte das Wasser werden, das Sie umschließt und bezwingt. Oder, falls Sie meinen, Sie kämen weniger ins Gerede, wenn

Sie die Gunst des Herrn der Götter von einer Pflanze, von einem Tier empfangen: sagen Sie es, und er wird Sie erhören... Welche Katzenart ist Ihnen die liebste?

Alkmene. Merkur, bitte, lassen Sie mich.

Merkur. Ein Wort noch, und ich gehe. Aus der Begegnung dieser Nacht, Alkmene, soll ein Kind erwachsen.

Alkmene. Es hat wohl auch schon einen Namen?

Merkur. Es hat einen Namen: Herkules.

Alkmene. Armes Kleines, wirst nie geboren werden.

Merkur. Herkules wird geboren werden. All diese Ungeheuer, die noch die Erde veröden, alle die Chaosreste, die den Fortgang der Schöpfung hemmen: er soll sie ausrotten, aus dem Weg räumen. Alkmenens Verbindung mit Jupiter ist beschlossen von Ewigkeit her.

Alkmene. Und was geschieht, wenn ich mich weigere?

Merkur. Herkules muß geboren werden.

Alkmene. Wenn ich mich töte?

Merkur. So wird Jupiter Sie ins Leben zurückrufen; dieser Sohn muß geboren werden.

Alkmene. Ein Kind des Ehebruchs, niemals! Dieser Sohn müßte sterben, wäre er zehnmal ein Sohn des Himmels.

Merkur. Die Geduld der Götter, Alkmene, hat Grenzen. Es scheint, Sie wissen unsre Ritterlichkeit nicht zu schätzen. Ich bedaure. Schließlich sind wir auf Ihr Einverständnis nicht angewiesen. Erfahren Sie also, daß gestern...

*(Ekklissa tritt hastig ein.)*

Ekklissa. Herrin...

Alkmene. Was gibt es?

Merkur. Amphitryon wohl?

Ekklissa. Nein, hoher Herr. Königin Leda ist draußen. Soll ich sie denn wieder fortschicken?

Alkmene. Leda?... Nein! Sie soll bleiben!

Merkur. Empfangen Sie sie, Alkmene; sie wird Ihnen gut raten können. Ich aber werde jetzt gehen und Jupiter von unserem Gespräch berichten.

Alkmene. Sie werden ihm meine Antwort sagen?

Merkur. Wollen Sie denn, daß Feuer und Pest über Theben hereinbrechen? Wollen Sie Ihren Gatten besiegt sehen und entthront? Ich werde ihm sagen, daß Sie ihn erwarten.

Alkmene. Dann werden Sie ihn belügen.

Merkur. Aus den Lügen des Vormittags macht eine Frau ihre Wahrheit des Abends. Auf heute abend, Alkmene. *(Er verschwindet.)*

Alkmene. Ekklissa, wie sieht sie aus?

Ekklissa. Ihr Kleid? Silbern, mit einem Saum von Schwanenflaum, aber sehr dezent.

Alkmene. Ich meine, ihr Gesicht... Hart, hochmütig?

Ekklissa. Edel und gütig.

Alkmene. Dann geh, lauf, hole sie, schnell; ich habe einen Einfall, einen herrlichen Einfall! Leda könnte mich retten.

*(Ekklissa geht ab.)*

## SECHSTE SZENE

*Alkmene. Leda.*

Leda. Ungehörig, dieser Besuch, nicht wahr, Alkmene?

Alkmene. Im Gegenteil, Leda, höchst willkommen!

Leda. Dies ist also das demnächst historische Zimmer?

Alkmene. Dies ist mein Zimmer.

Leda. Mit dem Blick auf das Meer und die Berge, das haben Sie gut arrangiert!

Alkmene. Und den Himmel, nicht zu vergessen...

Leda. Am Himmel wird ihm weniger liegen... Wann soll es sein? Heute abend?

Alkmene. Heute abend, so sagt man.

Leda. Und wie ist es dazu gekommen? Haben Sie täglich in großen Gebeten ihm Ihre Not geklagt und Ihr Verlangen?

Alkmene. Nein. Ich sage ihm täglich Dank für meine Zufriedenheit und mein Glück.

Leda. Ja, das ist auch die beste Manier, um Hilfe zu rufen... Sind Sie ihm schon begegnet?

Alkmene. Nein... Hat er Sie geschickt?

Leda. Ich kam zufällig durch Theben, ich hörte die Neuigkeit: da wollte ich Sie natürlich sehen.

Alkmene. Hofften Sie nicht vielmehr, ihn wiederzusehen?

Leda. Ich hab ihn ja niemals gesehen!... Sie kennen doch wohl die Umstände unsres Zusammentreffens?

Alkmene. Ist es denn wahr, Leda, was die Legende erzählt? Es war ein echter Schwan?

Leda. Ah, das interessiert Sie! Bis auf einen gewissen Punkt, ja; eine Art Vogelwolke, eine Art Schwanensturm.

Alkmene. Echte Daunen?

Leda. Offen gestanden, Alkmene: es wäre mir lieber, er nähme diese Gestalt bei Ihnen nicht wieder an. Nicht, daß ich eifersüchtig wäre. Aber lassen Sie mir diese Besonderheit. Es gibt so viele andere Vögel, so viel seltenere sogar!

Alkmene. So edle wie die Schwäne, und von stolzerem Wesen, sehr wenige!

Leda. Freilich.

Alkmene. Ich kann durchaus nicht finden, daß sie dümmer wären als Gans oder Adler. Schließlich können sie singen.

Leda. Ja, wahrhaftig, das können sie.

Alkmene. Kein Mensch hört sie, aber sie singen. Hat er gesungen, damals? Hat er gesprochen?

Leda. Ein klingendes Girren, dessen Sinn mir entging, doch dessen Syntax so rein war, daß man die Verben und Relativa der Vögel recht wohl erriet.

Alkmene. Stimmt es, daß die Gelenke seiner Schwingen harmonisch klirrten?

Leda. Ganz recht, wie bei den Zikaden, nur nicht so metallisch. Ich habe mit meinen Fingern die Stelle berührt, wo diese Flügel entsprangen: eine Harfe aus Federn!

Alkmene. War seine Wahl Ihnen vorher verkündet worden?

Leda. Es war im Sommer. Seit der Sonnenwende segelten ständig große Schwäne sehr hoch zwischen den Sternen. Da hätte uns schon etwas schwanen müssen, wie mein Mann einmal scherzhaft bemerkte.

Alkmene. Ihr Gatte scherzt über dieses Thema?

Leda. Er glaubt nicht an die Götter. So ist er unfähig, in dem Ereignis mehr zu sehen als Phantasterei oder einen Anlaß zu Wortspielen. Das hat seine Vorteile.

Alkmene. Wurden Sie überrascht, überrannt?

Leda. Überfallen, sanft überfallen. Geliebkost, plötzlich, von etwas anderem als den gefangenen Schlangen der Finger, diesen verkümmerten Schwingen der Arme, hingerissen in eine Bewegung nicht mehr der Erde, sondern der Sterne, wie in den Seegang der Ewigkeit: kurz, eine herrliche Reise. Aber darüber werden Sie bald mehr wissen als ich.

Alkmene. Und wie hat er Sie dann verlassen?

Leda. Ich lag noch ausgestreckt. Er stieg steil in meinen Zenit. Er hatte mich für Sekunden mit übermenschlichem Weitblick begabt, so daß mein Auge ihm folgen konnte bis zum Zenit des Zenits. Dort ist er mir entschwunden.

Alkmene. Und seither nichts mehr, kein Zeichen?

Leda. Nun ja, das Übliche, die Höflichkeiten seiner Priester... Manchmal ein Schwanenschatten, der sich im Bad auf mich legt und den keine Seife vertreiben kann... Die Zweige des Birnbaums, der dabeistand, neigen sich, wenn ich vorübergehe... Freilich, eine längere Liebschaft wäre mir auch zuwider gewesen, selbst mit einem Gott. Ein zweiter Besuch, ja, vielleicht... Doch diese einfache Regel des menschlichen Anstands hat er bei mir nicht beachtet.

Alkmene. Das kann ja noch kommen, wer weiß? Und Sie sind glücklich, seitdem?

Leda. Glücklich? Ach nein... Aber doch beglückt. Sie werden es selber sehen: diese eine Begegnung wird Ihrem ganzen Wesen eine Ausgewogenheit schenken, für die Sie Ihr Leben lang dankbar sein können.

Alkmene. Mein Leben ist nicht aus dem Gleichgewicht; und überdies werde ich ihn nicht sehen.

Leda. Sie werden ihn fühlen. Und fühlen, wie künftig die Nächte mit Ihrem Gatten frei sind von jenem schmerzlichen Unbewußtsein, von jener Zwangsläufigkeit, durch die sie so leicht den Reiz des Gesellschaftsspiels einbüßen...

Alkmene. Leda, glauben Sie, Jupiter ließe sich rühren? Sie kennen ihn doch!

Leda. Ich, ihn kennen? Doch nur als Vogel!

Alkmene. Aber nach seinem Verhalten als Vogel zu schließen: wie ist wohl sein Charakter als Gott?

Leda. Viel zielbewußte Beharrlichkeit, gepaart mit geringer Frauenkenntnis, aber gelehrig dem leisesten Wink und dankbar für jede Hilfe... Warum fragen Sie das?

Alkmene. Ich bin entschlossen, die Gunst Jupiters auszuschlagen. Ich bitte Sie inständig: wollen Sie mich retten?

Leda. Sie retten, vor solcher Ehre?

Alkmene. Ich bin dieser Ehre ja auch nicht würdig. Sie aber, Sie waren nicht nur die schönste der Königinnen, auch die klügste. Wer außer Ihnen hätte die Syntax des Vogelgesanges verstanden? Haben Sie nicht auch das Schreiben erfunden?

Leda. Das nützt bei den Göttern so wenig. Sie werden niemals das Lesen erfinden...

Alkmene. Sie kennen sich aus in der Astronomie. Sie wissen, wo Ihr Zenit ist und wo Ihr Nadir. Ich verwechsle das immer. Sie stehen jetzt schon im All wie ein Stern. Wissen verleiht dem Körper der Frau das Ferment und das spezifische Gewicht, Menschen und Götter zu betören. Man muß Sie nur ansehen, um zu begreifen, daß Sie mehr sind als eine Frau: eine jener lebenden Statuen, deren marmorne Nachkommenschaft dereinst alle schönen Winkel der Erde zieren wird.

Leda. Sie aber sind, wie man sagt, nichts als Schönheit und Jugend. Wüßte ich nur, liebe Kleine, worauf Sie hinauswollen?

Alkmene. Eher töte ich mich, als daß ich Jupiters Liebe hinnehme. Ich liebe meinen Mann.

Leda. Das trifft sich gut: Sie werden keinen mehr lieben können als ihn, wenn Sie erst Jupiters Lager geteilt haben. Kein Mann, kein Gott wird noch wagen, Sie zu berühren!

Alkmene. Ich wäre dann verurteilt, meinen Mann zu lieben.

Meine Liebe zu ihm wäre nicht länger die Frucht einer freien Wahl. Er würde mir nie vergeben!

Leda. Und wenn Sie später doch anders dächten? Dann lieber gleich, und mit einem Gott!

Alkmene. Retten Sie mich, Leda! Rächen Sie sich an ihm, der Sie nur einmal umarmt hat und Sie jetzt abfinden will mit den Verbeugungen eines Birnbaums.

Leda. Wie denn, rächen? An einem Schwan, einem kleinen weißen?

Alkmene. Mit einem schwarzen! Ich will es Ihnen erklären. Nehmen Sie meinen Platz ein!

Leda. Ihren Platz!

Alkmene. Hinter der Tür dort ist eine dunkle Kammer; drin steht ein Ruhelager bereit. Legen Sie meine Kleider an, besprengen Sie sich mit meinem Parfüm. Jupiter wird sich täuschen lassen, und nur zu seinem Vorteil. Erweist man sich nicht, unter Freundinnen, gelegentlich solche Dienste?

Leda. Ohne sich's mitzuteilen, ja, oft... Sie sind köstlich!

Alkmene. Was lächeln Sie?

Leda. Ich weiß nicht, Alkmene – vielleicht sollte ich Sie wirklich beim Wort nehmen! Je länger ich Ihnen zuhöre, je länger ich Sie betrachte, um so mehr geht es mir auf, daß so viel menschlichen Vorzügen eine Begegnung mit dem Schicksal verhängnisvoll werden könnte; und um so mehr zögere ich, Sie gegen Ihren Willen in jene Versammlung zu ziehen, die an den Festen des Sonnenjahres dort auf dem hohen Vorgebirge alle jene vereint, die Jupiter einmal geliebt hat.

Alkmene. Diese berühmte Gesellschaft, in der so göttlich geschwelgt wird?

Leda. Göttlich geschwelgt? Oh, das ist eine Verleumdung. Geschwelgt, allerhöchstens, in Gedanken und Worten. Wir sind da oben völlig unter uns, meine Liebe!

Alkmene. Ja, was tun Sie dann dort? Darf man das nicht erfahren?

Leda. Sie werden mich vielleicht nur schwer verstehen, liebe Freundin. Abstrakte Begriffe dürften, zum Glück, nicht Ihre

Stärke sein. Sagt Ihnen das Wort Archetyp etwas, das Wort Ideenträger, das Wort Symbolverstehen?

Alkmene. Ich kenne das Wort Symbol. Das heißt so viel wie Sinnbild, nicht wahr?

Leda. Wenn ich Ihnen nun sage, daß wir dort, ausgestreckt auf dem Stein oder dem kargen Narzissenrasen, erleuchtet vom Strahlenbündel der reinen Ideen, den ganzen Tag eine Art lebendes Bild abgeben, eine göttliche Schau von Überschönheiten, und dabei spüren – nun nicht mehr empfangend: befruchtend –, wie die Regungen des Kosmos sich nach uns gestalten, die Möglichkeiten der Welt uns als Keim oder Nährboden brauchen ... könnten Sie mich verstehen?

Alkmene. So viel verstehe ich, daß es sich da um eine höchst würdige und ernste Versammlung handelt.

Leda. Um eine ganz besondere jedenfalls! Und eine, in der die Hälfte Ihrer Reize, süße Alkmene, ganz ohne Gegenstand wäre! Ich glaube, Sie haben recht. Sie, die Sie so lebhaft sind, so heiter, so gern vergänglich, Sie sind nicht geboren, eines der Mutterbilder der Menschheit zu sein, sondern ihr anmutigstes Mädchenbild.

Alkmene. O danke, Leda! Dann werden Sie mich retten! Was vergänglich ist, das rettet man am liebsten!

Leda. Ich will tun, was ich kann, liebste Alkmene. Einverstanden. Aber ich wüßte gern vorher, was es mich kosten wird!

Alkmene. Kosten wird?

Leda. In welcher Gestalt wird Jupiter kommen? Er müßte mir wenigstens äußerlich zusagen.

Alkmene. Oh, wie soll ich das wissen?

Leda. Sie können es sich vielleicht denken. Er wird die Gestalt annehmen, die Ihre Wünsche und Träume beherrscht.

Alkmene. Ich weiß von keiner.

Leda. Ich hoffe, Sie lieben nicht etwa Schlangen. Die kann ich nämlich nicht ausstehen. In dem Falle dürften Sie nicht auf mich rechnen... Es sei denn eine besonders schöne, mit lauter Ringen.

Alkmene. Ich sehe in meinen Träumen weder Getier noch Gewächs...

Leda. Auch Gestein kommt für mich nicht in Frage. Aber schließlich, Alkmene, irgendeine heimliche Schwäche werden Sie doch wohl haben?

Alkmene. Ich habe keine. Ich liebe meinen Mann.

Leda. Da haben wir sie ja, die Schwäche! Nun ist mir alles klar! Damit wird er versuchen, Sie zu gewinnen. Sie haben immer nur Ihren Gatten geliebt?

Alkmene. Ich kann es nicht leugnen.

Leda. Daß wir daran nicht gleich gedacht haben! Jupiters List wird die einfachste List von der Welt sein. Was er an Ihnen liebt – ich kann es ihm nachfühlen, seit ich Sie kenne –, ist Ihre Menschlichkeit; was ihn lockt, ist die Möglichkeit, den Menschen Alkmene kennenzulernen, in seinem vertrauten Alltag, in seinen unverstellten Freuden. Und um das zu erreichen, gibt es nur einen Weg: er muß die Gestalt Ihres Gatten annehmen. Ihr Schwan, ja, das wird ein Amphitryon sein, glauben Sie mir! Jupiter wird die erste Abwesenheit Ihres Gatten benutzen, um hier einzudringen und Sie hinters Licht zu führen.

Alkmene. Sie erschrecken mich. Amphitryon ist abwesend!

Leda. Von Theben?

Alkmene. Er ist im Krieg, seit gestern abend.

Leda. Und wann kommt er zurück? Ein zweitägiger Krieg ist doch wohl das mindeste für eine Armee, die etwas auf sich hält?

Alkmene. Ich fürchte, ja.

Leda. Noch heute abend, Alkmene, wird Jupiter durch diese Türen dringen, ein getreues Abbild Ihres Gatten, und Sie werden sich ihm hingeben, ohne Argwohn und Widerstreben.

Alkmene. Ich werde ihn erkennen.

Leda. Sie werden sich täuschen. Für diesmal wird ein Mensch ein göttliches Werk sein.

Alkmene. Eben. Es wird ein vollkommenerer, ein klügerer, ein edlerer Amphitryon sein. Ich werde ihn auf den ersten Blick hassen.

Leda. Es war ein ungeheurer Schwan, und ich habe ihn nicht unterscheiden können von dem kleinen Schwan meines Teiches...

*(Ekklissa tritt auf.)*

Ekklissa. Eine Neuigkeit, Herrin! Eine unverhoffte Neuigkeit!

Leda. Amphitryon kommt!

Ekklissa. Woher wißt Ihr das, Königin? Ja, unser Fürst wird gleich hier sein. Von der Mauer aus habe ich ihn gesehen, wie er im Galopp die Gräben nahm.

Alkmene. Kein Reiter hat sie je übersprungen!

Ekklissa. Mit einem einzigen Satz war er drüber.

Leda. Ist er allein?

Ekklissa. Er ist allein, aber um ihn braust es wie eine unsichtbare Schwadron. Er strahlt, er leuchtet. Nicht die Spur erschöpft wie sonst, wenn er aus dem Feld heimkommt. Die Morgensonne verblaßt neben ihm. Wie ein Block aus Licht ist er, mit einem Menschenschatten. Was machen wir jetzt, Herrin? Jupiter ist um uns, und der gnädige Herr platzt da mitten hinein in den Zorn der Götter! Ich glaube, ich habe ein Donnern gehört, als er die Wachen passierte...

Alkmene. Geh nur, Ekklissa.

*(Ekklissa geht ab.)*

Leda. Sind Sie nun überzeugt? Das ist Jupiter! Das ist der falsche Amphitryon.

Alkmene. Nun gut, so wird er hier die falsche Alkmene finden. Teuerste Leda, ich beschwöre Sie, lassen Sie uns mit Ihrer Hilfe aus dieser drohenden Göttertragödie ein kleines Lustspiel für uns Frauen machen! Rächen wir uns!

Leda. Wie sieht er aus, Ihr Gatte? Haben Sie nicht ein Bild von ihm?

Alkmene. Hier...

Leda. Gar nicht übel, wahrhaftig.... Er hat die schönen Augen, die ich so liebe, wo der Stern kaum angedeutet ist, wie bei den Statuen. Ich wäre imstande, die Statuen zu vergöttern, wenn sie sprechen und denken könnten... Er ist dunkel? Hoffentlich keine gekräuselten Haare?

Alkmene. Sein Haar ist glatt, mattschwarz wie Rabenflügel.

Leda. Soldatischer Wuchs? Rauhe Haut?

Alkmene. Oh, durchaus nicht! Sehr muskulös, aber so geschmeidig!

Leda. Und Sie sind mir nicht böse, wenn ich Ihnen das Ebenbild eines Körpers nehme, den Sie lieben?

Alkmene. Nein, ich schwöre es Ihnen.

Leda. Und auch nicht, wenn ich Ihnen einen Gott nehme, den Sie nicht lieben?

Alkmene. Er kommt. Retten Sie mich!

Leda. Geht es dort in die Kammer?

Alkmene. Ja, bitte.

Leda. Gibt es da Stufen hinunter ins Dunkle? Ich hasse Fehltritte.

Alkmene. Der Boden ist blank und eben.

Leda. Und die Wand neben dem Lager ist nicht etwa mit Marmor verkleidet?

Alkmene. Mit einem Teppich aus feinster Wolle. Sie werden mich doch jetzt nicht im Stich lassen, im letzten Augenblick!

Leda. Ich habe es Ihnen versprochen. In Freundschaftsdingen bin ich sehr genau. Da ist er. Halten Sie ihn noch eine Weile zum besten, bevor Sie ihn zu mir schicken. Rächen Sie sich an dem falschen Amphitryon für allen Ärger, den der echte Ihnen noch machen wird...

## SIEBENTE SZENE

*Alkmene. Amphitryon.*

Ein Sklave *(hinter der Bühne).* Und Eure Pferde, gnädiger Herr, was ist mit den Pferden? Soll ich sie abreiben?

Amphitryon. Was scheren mich meine Pferde! Laß sie gesattelt. Ich reite sofort zurück.

Alkmene. Seine Pferde kümmern ihn nicht? Das ist nicht Amphitryon.

*(Amphitryon tritt ein und geht auf sie zu.)*

Amphitryon. Ich bin es!

Alkmene. Und kein andrer, ich weiß.

Amphitryon. Hast du gar keinen Kuß für mich?

Alkmene. Warte noch einen Augenblick. Es ist so hell hier. Drin in der Kammer, gleich.

Amphitryon. Auf der Stelle! Nur um dieser Minute willen bin ich hierher geflogen wie ein Pfeil!

Alkmene. Und hast Felsenwände erklommen und die Flüsse im Sprung genommen und dich über den Himmel geschwungen... Nein, komm mir erst einmal mehr ans Licht, laß dich näher betrachten! Oder hast du Scheu, deiner Frau dein Gesicht zu zeigen? Du weißt, sie kennt seine kleinsten Schönheiten, seine winzigsten Fehler.

Amphitryon. Hier ist es, Geliebte, und täuschend ähnlich.

Alkmene. Täuschend ähnlich, wahrhaftig. Eine Gewohnheitsfrau ließe sich davon täuschen. Alles ist da. Diese zwei traurigen Falten fürs Lächeln, die lustige Kerbe da für die Tränen, und zum Zeugnis des Alters die Krallenspur dort an der Schläfe, wer weiß von welchem Vogel – vielleicht gar vom Adler Jupiters?

Amphitryon. Von einer Krähe, Geliebte; das ist mein Krähenfuß. Du hast ihn sonst oft geküßt.

Alkmene. Ganz mein Gatte, soweit. Aber es fehlt da die Schramme, die er sich gestern geholt hat. Das ist mir doch ein seltsamer Gatte, der aus dem Kriege heimkehrt mit einem Kratzer zu wenig.

Amphitryon. Frische Luft ist das beste für Wunden.

Alkmene. Die Luft des Schlachtfelds, ja, das ist bekannt. Und wie steht's mit den Augen? Hoho, mein Bester, beim Abschied waren diese zwei großen Augen noch so heiter und hell! Woher auf einmal diese Würde im rechten Auge, und im linken dieser scheinheilige Glanz?

Amphitryon. Man soll sich nicht zu scharf ins Gesicht sehen, unter Eheleuten; man sieht leicht mehr, als einem lieb ist... Komm...

Alkmene. Wart, einen Moment noch... Es schwimmen Wolken in diesem Blick, ich hatte sie nie bemerkt... Ich weiß nicht, was heut mit dir ist, mein Freund, aber seit ich dich sehe, spüre ich einen Schwindel, überfällt mich ein seltsames Wissen um alles, was war, ein Vorwissen dessen, was sein wird... Ich ahne ferne Welten, verborgene Offenbarungen...

Amphitryon. Ich auch, Geliebte. Immer vor der Liebe. Das geht vorüber.

Alkmene. Woran denkt diese hohe Stirn, diese übernatürlich hohe?

Amphitryon. An die schöne Alkmene, die es nur einmal gibt.

Alkmene. Woran denkt dieses Antlitz, das unter meinen Augen größer und größer wird?

Amphitryon. Dich zu küssen, auf deine Lippen.

Alkmene. Auf meine Lippen! Was heißt das? Du sprichst doch sonst nie von meinen Lippen!

Amphitryon. Dich zu beißen, in deinen Nacken.

Alkmene. Bist du toll geworden? Nie hast du sonst die Kühnheit gehabt, einen Teil meines Körpers mit Namen zu nennen!

Amphitryon. Das war mein Fehler, ich weiß es seit gestern abend, und ich will sie dir endlich alle nennen. Der Gedanke kam mir ganz plötzlich, als ich dem Heer den Appell abnahm, und heute soll mir alles an dir auf meinen Ruf sich zur Stelle melden: Lider und Busen, Nacken und Zähne. Dein Mund!

Alkmene. Hier zunächst meine Hand.

Amphitryon. Was hast du? Habe ich dich verletzt? Bist du verstimmt?

Alkmene. Wo hast du diese Nacht geschlafen?

Amphitryon. Irgendwo zwischen Dornen. Als Kopfkissen ein Bündel trockne Reben, gut als Brennholz heut früh beim Wekken!... In einer Stunde muß ich wieder fort, Geliebte, denn heute morgen noch wird die Schlacht geschlagen... Komm!... Was tust du?

Alkmene. Darf ich nicht deine Haare streicheln? Noch niemals sind sie so schimmernd gewesen, so weich!

Amphitryon. Das macht wohl der Wind.

Alkmene. Dein Sklave der Wind. Und dieser Kopf, den du plötzlich hast! Noch nie habe ich ihn so mächtig gesehen!

Amphitryon. Das macht die Weisheit, Alkmene...

Alkmene. Deine Tochter die Weisheit...

Amphitryon. Und das hier sind meine Augenbrauen, wenn du es wissen willst, und das hier mein Hinterkopf, und das meine Halsschlagader... Alkmene, Liebste, was zitterst du so? Du berührst mich wie eine Braut, als wäre ich nicht dein Mann. Woher mit einem Male diese Befangenheit? Jetzt wirst auch du mir ganz fremd. Und alles, was diese Stunde mir bringt, wird neu für mich sein, neu zu entdecken...

Alkmene. Daran zweifle ich nicht...

Amphitryon. Hast du etwas auf dem Herzen? Kann ich dir einen Wunsch erfüllen?

Alkmene. Ich möchte, ehe wir dort hineingehn, daß du mein Haar mit deinen Lippen streifst.

Amphitryon *(indem er sie an sich zieht und auf den Hals küßt).* So!

Alkmene. Was tust du? Leicht, sag ich dir, auf die Haare!

Amphitryon *(indem er sie auf die Wange küßt).* So!

Alkmene. Kannst du nicht hören? Bin ich denn kahl für dich?

Amphitryon *(indem er sie auf die Lippen küßt).* So... Und jetzt trag ich dich da hinein...

Alkmene. Warte noch, gleich! Gleich kannst du kommen. Sobald ich dich rufe, du ... Liebhaber! *(Sie geht in die Kammer. Amphitryon bleibt allein.)*

Amphitryon. Was hab ich für eine bezaubernde Frau! Wie süß ist das Leben, das so dahinfließt, ohne Eifersucht und Gefahr, und wie süß dieses häusliche Glück, das keine Heimlichkeit kennt und keine böse Lust. Einerlei, ob beim Morgengrauen oder spät in der Dämmerung: wenn ich heimkehre in den Palast, finde ich nichts vor, als was ich zurückließ, erwartet mich nichts als Stille und Ruhe... Kann ich kommen, Alkmene?... Keine Antwort... Ich kenne sie: das bedeutet, sie ist bereit... Welches Zartgefühl! Mit ihrem Schweigen gibt sie mir ein Zeichen! Oh, dieses Schweigen! Wie es tönt! Wie es mich ruft! Ja, ja, Geliebte, ich komme...

*(Kaum ist er in der Kammer, kehrt Alkmene verstohlen zurück,*

*wirft einen lächelnden Blick auf die Tür, hinter der er verschwunden ist, entfernt die Wandbehänge, kommt in die Mitte der Bühne.)*

Alkmene. So, gewonnenes Spiel! Er liegt in ihren Armen. Man rede mir nicht mehr von der Schlechtigkeit der Welt! Ein kleiner Mädchenstreich macht sie unschädlich. Man rede mir nicht von Verhängnissen; das Verhängnis kommt nur von der menschlichen Schwäche. Menschenlist, Götterbegier: nichts vermögen sie gegen den Willen und die Liebe einer treuen Frau... Meinst du nicht auch, Echo, das du mir immer am allerbesten geraten hast?... Was habe ich von Göttern und Menschen zu fürchten, ich, die ich treu bin und ohne Falsch? Nichts, nicht wahr, nichts, nichts?

Echo Alles! Alles!

Alkmene. Was sagst du?

Echo. Nichts! Nichts!

*(Vorhang.)*

## DRITTER AKT

*Terrasse vor dem Palast.*

### ERSTE SZENE

*Der Trompeter, Sosias, Ekklissa; dann die Tänzerinnen.*

Trompeter. Worum handelt sich's heute abend in deiner Proklamation?

Sosias. Um die Frauen.

Trompeter. Bravo! Um eine Warnung also?

Sosias. Um den natürlichen Treuezustand, in dem die Frauen sich in Kriegszeiten befinden ... Diesmal könnte die Proklamation ausnahmsweise recht damit haben; der Krieg hat nur einen Tag gedauert.

Trompeter. Also lies schon. *(Er bläst.)*

Sosias. O Thebaner, der Krieg hat so viele Vorzüge ...

Ekklissa. Still.

Sosias. Wieso, still? Der Krieg ist ja schon zu Ende, Ekklissa. Du sprichst mit zwei Siegern. Wir sind der Armee um eine Viertelstunde voraus.

Ekklissa. Still, sag ich, hör doch!

Sosias. Was, deine Stille? Das wäre ganz was Neues.

Ekklissa. Nicht ich spreche heute, der Himmel spricht. Eine himmlische Stimme verkündet dem Volk von Theben die Taten eines unbekannten Helden.

Sosias. Eines unbekannten? Des kleinen Herkules, meinst du? Des Sohnes, den Jupiter diese Nacht Alkmene verehren soll?

Ekklissa. Das weißt du?

Sosias. So gut wie das ganze Heer; frag den Trompeter.

Trompeter. Und was glauben Sie, wie alles sich freut! Jeder Mann und jeder Offizier, alle sind überzeugt, daß wir diesen Blitzsieg nur dem freudigen Ereignis verdanken. Nicht einer gefallen, Verehrte, und sogar die Pferde höchstens am linken Fuß verwundet! Bloß Amphitryon hat noch nichts gewußt, aber durch diese Himmelsstimmen wird er's inzwischen erfahren haben.

Ekklissa. Sie meinen, er hat sie hören können, draußen im Feld?

Trompeter. Aber natürlich, jedes Wort! Unten vor dem Palast staut sich die Menge, es war kaum durchzukommen, da haben wir einiges mitgehört... Ganz schön aufregend, alle Achtung! Vor allem eine Sache, ein kleiner Ringkampf zwischen Ihrem künftigen jungen Herrn und einem Ungeheuer mit Stierkopf – uns ist die Luft weggeblieben! Unser Herkules hat's geschafft, aber gerade so eben... Pscht! Da kommt die Fortsetzung...

Die himmlische Stimme. O Thebaner, der Minotaurus ist kaum überwunden, da lagert sich schon ein Drache vor den Toren eurer Stadt, ein Drache mit dreißig Köpfen, die sich von Menschenfleisch nähren, von eurem Fleisch! Bis auf einen, der Gras frißt.

Die Menge. Oh! Oh! Oh!

Die Stimme. Herkules aber, der Sohn, den Alkmene in dieser Nacht von Jupiter empfangen wird, mit einem Schuß seines dreißigsehnigen Bogens durchbohrt er die dreißig Köpfe.

Die Menge. Hei! Hei! Hei!

Trompeter. Seltsam, den Graskopf auch?

Sosias. Sieh nur Alkmene auf ihrem Altan. Sie läßt sich kein Wort entgehen. Jupiter ist ja so schlau! Er weiß, wie unsre Fürstin sich nach Kindern sehnt, und er erzählt ihr von Herkules, daß sie ihn lieben lernt und mit sich reden läßt.

Ekklissa. Die arme Herrin! Es bedrückt sie, man sieht's. Sie fühlt diesen Riesensohn über sich. Er ist um sie, er schließt sie ein, als wäre sie das Kind!

Trompeter. Wenn ich Jupiter wäre, ich würde Herkules selbst sprechen lassen. Das wäre noch eindrucksvoller für sie.

Sosias. Ruhe! Die Stimme spricht!

Die himmlische Stimme. Von meinem Vater Jupiter hab ich den glatten Bauch, das gelockte Haar.

Die Menge. Oh! Oh! Oh!

Ekklissa. Die Götter haben denselben Gedanken gehabt wie Sie, Herr Trompeter.

Trompeter. Ja, nur ein klein bißchen später.

Die Stimme. Von meiner Mutter Alkmene den sanften und treuen Blick.

Ekklissa. Da steht deine Mutter, Klein-Herkules, siehst du sie?

Die Stimme. Ich sehe sie, ich bewundere sie.

Die Menge. Ah! Ah! Ah!

Sosias. Was soll das, was schließt deine Herrin so jäh ihr Fenster? Einer Himmelsstimme das Wort abzuschneiden, das ist schon stark! Und dann diese Leichenbittermiene, Ekklissa, was bedeutet das? Und wieso sieht der Palast noch so griesgrämig aus? Wo sind die Festgirlanden, wo bleiben die bunten Tücher, die längst im Wind wehen sollten? Dabei geht im Heer das Gerücht, deine Herrin habe Leda eingeladen, um sich von ihr beraten zu lassen, und sie hätten den ganzen Tag zusammen gescherzt und gelacht! Oder stimmt das nicht?

Ekklissa. Das stimmt schon. Aber die Königin ist vor knapp einer Stunde abgereist. Und gleich danach haben die Stimmen den Besuch Jupiters für Sonnenuntergang angekündigt.

Sosias. Haben die Priester die Nachricht bestätigt?

Ekklissa. Eben verlassen sie den Palast.

Sosias. Dann macht Alkmene sich jetzt bereit?

Ekklissa. Ich weiß nicht.

Trompeter. Verehrteste, man hört in der Stadt sehr häßliche Sachen über Sie und Ihre Herrin. Es wird behauptet, Alkmene täte, aus Unverstand oder Ziererei, als läge ihr nichts an Jupiters Gunst, und sie hätte nichts Geringeres vor, als den Befreier Thebens zu hindern, auf die Welt zu kommen.

Sosias. Ja, und du unterstütztest sie noch bei diesem Kindesmord!

Ekklissa. Wie kann man mich so verdächtigen, mich! Wo ich dieses Kind kaum erwarten kann! Denk doch, mit mir, mit mir soll es zuerst jene Kämpfe üben, die einst die Erde erretten werden! Zehn Jahre lang muß ich für den Kleinen Hydra spielen und Minotaurus! Wenn ich nur wüßte, wie diese Untiere schreien, brüllen, was weiß ich, daß ich ihn daran gewöhnen kann!

Sosias. Beruhige dich. Was ist mit Alkmene? Es schickt sich wirklich nicht für eine Stadt wie Theben, den Göttern eine mißgelaunte Dame anzubieten, die nicht mit Lust und Liebe bei der Sache ist. Stimmt es, daß sie nach Wegen sucht, Jupiter von seinem Vorsatz abzubringen?

Ekklissa. Ich fürchte, ja.

Sosias. Bedenkt sie denn nicht, was das für uns alle bedeutet? Den Untergang Thebens, Pest und Aufruhr in unseren Mauern, Amphitryon von der Menge gesteinigt! Diese treuen Frauen sind eine wie die andere: nur ihre Treue im Kopf, an ihre Männer denken sie nie.

Trompeter. Keine Sorge, Sosias, das schafft sie doch nicht. Jupiter läßt sich nie und nimmer von seinem Vorsatz abbringen; denn zum Gottsein gehört vor allem ein dicker Kopf. Wenn der Mensch es fertigbrächte, seinen Eigensinn auf die Spitze zu treiben, wäre er nicht mehr Mensch, sondern Gott. Denk nur an die Gelehrten, und was für göttliche Geheimnisse die der Luft oder dem Metall entreißen, einfach weil sie drauf versessen sind. Jupiter ist versessen auf Alkmenens Geheimnis, und er wird's ihr entreißen, verlaß dich drauf. Außerdem ist schon alles für seine Ankunft bereit. Sie ist so unausweichlich wie eine Sonnenfinsternis. Alle kleinen Thebaner verbrennen sich schon die Finger mit dem Rußen von Glasscherben, um ohne Augenschaden die Feuerbahn des Gottes zu verfolgen.

Sosias. Hast du die Musikanten bestellt, die Köche?

Ekklissa. Ich habe Samos bereitgestellt und Pastetchen.

Sosias. Daß ihr Ammen so viel Sinn für den Ehebruch habt und so wenig Sinn für die Ehe! Du hast, scheint's, noch nicht gemerkt, daß es sich nicht um ein verschwiegnes Schäferstündchen handelt, sondern um eine Hochzeitsnacht, um eine echte Hochzeit! Und die Gemeinde, die Menge, wo ist sie? Jupiter braucht viel Publikum für seine Liebesspiele. Wen willst du jetzt noch einladen, um diese Zeit?

Ekklissa. Ich wollte eben hinunter in die Stadt; ich soll alle Armen zusammenrufen, alle Kranken und Siechen, sämtliche Stiefkinder der Natur. Meine Herrin wünscht, daß sie sich um

Jupiters Weg scharen, um ihn zu rühren und milde zu stimmen.

Trompeter. Jupiter zu Ehren ein Spalier von Klumpfüßen und Buckligen! Ihm, mit anderen Worten, die Unzulänglichkeit der Welt vor Augen zu führen, von der er nichts ahnt: das muß ihn doch erst recht erzürnen! Das werden Sie bleiben lassen...

Ekklissa. Was kann ich machen? Meine Herrin hat es befohlen.

Sosias. Aber sie ist im Irrtum, und der Trompeter hat recht.

Trompeter. Ein reiner Frevel wäre das, es unserem Schöpfer so unter die Nase zu reiben, daß er die Welt verpfuscht hat! Er kann sehr nett sein, warum? Weil er sie für vollkommen hält. Aber wenn er uns krummbeinig und einarmig sieht, wenn er erfährt, daß wir an Gelbsucht und Nierengrieß leiden, dann wird er schön wütend werden. Um so mehr, als er vorgibt, uns nach seinem Bilde geschaffen zu haben: ein schlechter Spiegel ist etwas Widerwärtiges.

Ekklissa. Er hat aber selbst verlangt, gerade die Unglücklichen, die Elenden von Theben kennenzulernen; die himmlische Stimme hat es gesagt.

Trompeter. Das soll er auch. Ich habe die Sache sofort in die Hand genommen. Das Wichtigste dabei ist nur, daß besagte Elende ihm eine möglichst erhabene Vorstellung von dem menschlichen Elend vermitteln. Sei ganz beruhigt, Sosias, es wird alles bereit sein. Ein kleines Aufgebot von Lahmen hab ich schon mitgebracht.

Ekklissa. Von Lahmen? Die können doch gar nicht bis hier herauf!

Trompeter. O doch, sie sind wacker geklettert, und ich werde sie Ihnen gleich vorführen. Herein mit euch, meine Kleinen, herein! Daß der Herr der Götter eure armen Glieder sieht.

*(Die jungen Tänzerinnen treten auf.)*

Ekklissa. Aber das sind doch die Tänzerinnen!

Trompeter. Das sind die Lahmen. Jedenfalls werden sie Jupiter als solche vorgestellt werden. Sie verkörpern den tiefsten Punkt der menschlichen Unzulänglichkeit, wie er sie sich denkt. Dann habe ich da, in den Bosketten versteckt, ein Dutzend Sängerinnen, die ihre Lieder schmettern werden, um die Stummen zu spielen. Dazu, der Vollständigkeit halber, noch ein paar Riesen als Zwerge, und wir haben einen Elendschor beisammen, angesichts dessen Jupiter sich nicht zu schämen braucht, die Welt erschaffen zu haben, so daß er deiner Herrin und dem Volk von Theben jeden Wunsch erfüllen wird. Von wo soll er kommen?

Ekklissa. Den Rücken zur Sonne, haben die Priester gesagt. Das Abendrot wird heute seine Glut verdoppeln.

Trompeter. Er muß die Mondgesichter der Bäckerinnen in ihrem vollen Glanze sehen. Die kämen dann also hierhin... Nennen wir sie die Aussätzigen.

Eine Tänzerin. Und wir, Herr Zeremonienmeister, was haben wir zu tun?

Sosias. Zu tanzen. Sonst könnt ihr doch hoffentlich nichts?

Tänzerin. Und welchen Tanz? Den symbolischen mit den großen Sprüngen?

Sosias. Nicht übertreiben. Vergeßt nicht, für Jupiter seid ihr Krüppel.

Eine Tänzerin. Ach, es ist für Jupiter! Da hätten wir den Forellenschritt mit Gliederzucken, das den Blitz imitiert, das wird ihm schmeicheln.

Trompeter. Macht euch nur keine Illusionen. Die Götter sehen euch Tänzerinnen von oben und nicht von unten und haben schon darum für das Ballett weniger übrig als unsereiner. Jupiter bevorzugt Schwimmerinnen.

Eine Tänzerin. Dann nehmen wir am besten den sogenannten Tanz der Wogen, in der Rückenlage, mit Überwechseln der Oberschenkel.

Trompeter. He, Sosias! Wer ist dieser Krieger, der da den Hügel heraufkommt? Ist das nicht Amphitryon?

Ekklissa. Tatsächlich, er ist es! Himmel, ich zittere!

Sosias. Meinetwegen kann er ruhig kommen. Er ist ein Mann mit Verstand und Gottesfurcht. Er wird seiner Frau den Entschluß erleichtern.

Eine Tänzerin. Wie eilig er's hat!

Trompeter. Ich kann seine Eile verstehen. Viele Ehemänner legen Wert darauf, ihre Frauen so zu erschöpfen, daß sie in den Armen des Gottes nur noch ein Leib ohne Seele sind... Geht, Kinder, geht. Wir kommen gleich nach und sorgen für die Musik. Jedenfalls wird, dank uns beiden, die Zeremonie des Gastfreundes würdig sein. Wir sind noch gerade zur Zeit gekommen ... Und jetzt, Sosias, deine Proklamation. *(Er bläst.)*

Sosias. O Thebaner, der Krieg hat so viele Vorzüge, und darunter auch diesen: daß er den Körper der Frauen mit einem Panzer von Erz umgibt, einem Panzer ganz ohne Fugen, unzugänglich jedem Begehren und jeder Hand...

## ZWEITE SZENE

*Amphitryon. Ekklissa.*
*Amphitryon entläßt Sosias und den Trompeter mit einer Handbewegung.*

Amphitryon. Ist deine Herrin da, Ekklissa?

Ekklissa. Ja, hoher Herr.

Amphitryon. Ist sie auf ihrem Zimmer?

Ekklissa. Ja, hoher Herr.

Amphitryon. Ich erwarte sie...

*(Ekklissa verschwindet. Die himmlische Stimme tönt in der Stille.)*

Die Stimme. Aber die Frauen... Jupiters Sohn, den Alkmene heute empfängt, er kennt sie alle als treulos, zugänglich süßen Worten, rasch geblendet durch Rang und Ruhm.

Die Menge. Oh! Oh! Oh!

Die Stimme. Er verführt sie, erschöpft sie, verläßt sie, er verhöhnt die beleidigten Gatten, und er stirbt durch die Frauen...

Die Menge. Weh! Weh! Weh!

## DRITTE SZENE

*Alkmene. Amphitryon.*

Alkmene. Was sollen wir tun, Amphitryon?

Amphitryon. Was sollen wir tun, Alkmene?

Alkmene. Noch ist nicht alles verloren, da er erlaubt hat, daß du ihm zuvorkommst!

Amphitryon. Um welche Zeit soll er hier sein?

Alkmene. In ein paar Minuten schon, ach! Mit Sonnenuntergang. Ich wage nicht mehr aufzuschauen! Aber du, du erspähst die Adler, bevor sie dich sehen: siehst du noch nichts am Himmel?

Amphitryon. Ein Stern, schlecht aufgehängt, gerät ins Schwanken...

Alkmene. Dann ist er unterwegs! Hast du schon einen Plan?

Amphitryon. Ich habe meine Stimme, Alkmene, mein Wort! Ich werde Jupiter überreden! Ich werde ihn überzeugen!

Alkmene. Ach, mein Guter, du hast auf der Welt noch keinen überzeugt außer mir, und das gewiß nicht durch Reden. Ein Wortgefecht zwischen Jupiter und dir, das ist es, was ich am meisten fürchte. Du würdest dich bald geschlagen geben, nicht ohne mich womöglich noch an Merkur abzutreten.

Amphitryon. Ja dann, Alkmene – dann sind wir verloren!

Alkmene. Vertrauen wir auf seine Güte... An dieser Stelle, wo wir bei feierlichen Anlässen unsere Ehrengäste begrüßen, wollen wir ihn erwarten. Ich habe den Eindruck, er weiß nichts von unserer Liebe. So soll er uns sehen vom höchsten Olymp, nebeneinander, auf unserer Schwelle; der Anblick des Ehepaars muß allmählich das Bild der Frau allein in ihm auslöschen... Umarme mich! Ganz fest! Küsse mich, hier, im hellen Licht, damit er sieht, was für ein einiges Wesen zwei Gatten sind. Noch immer nichts am Himmel?

Amphitryon. Der Tierkreis gerät in Bewegung. Er ist an die Drähte gestoßen. Willst du meinen Arm?

Alkmene. Nein, kein gekünsteltes billiges Band. Laß zwischen uns beiden den schönen Abstand, diesen Spielraum der Zärtlichkeit, wie ihn Kinder und Katzen und Vögel zwischen wahren Gatten gern sehen.

*(Lärm der Menge und Musik.)*

Amphitryon. Da geben schon die Priester das Signal. Er kann nicht mehr fern sein ... Wollen wir vor ihm Abschied nehmen, Alkmene, oder jetzt gleich? Wir müssen auf alles gefaßt sein!

Die himmlische Stimme *(verkündet).* Alkmenens Abschied von Amphitryon!

Amphitryon. Hast du gehört?

Alkmene. Ich hab es gehört.

Die Stimme *(wiederholt).* Alkmenens Abschied von Amphitryon!

Amphitryon. Hast du keine Angst?

Alkmene. Ach, Liebster, hast du nicht manchmal schon in den Stunden, wo das Leben weiterspringt, in dir eine fremde Stimme gehört, die diesen Augenblicken gleichsam einen Namen gab? Am Tag unsrer ersten Begegnung, unseres ersten Bades im Meer, hast du's nicht in dir rufen hören: Amphitryon Bräutigam! Erstes Bad mit Alkmene! Und heute hat wohl die Nähe der Götter den Äther so klingend gestimmt, daß der stumme Name des Augenblicks in ihm widerhallt. Komm, laß uns Abschied nehmen.

Amphitryon. Offen gesagt, Alkmene: ich habe dagegen nichts einzuwenden. Seit ich dich kenne, trage ich diesen Abschied in mir, nicht als Verabschiedung, sondern als Zeichen einer besonderen Anhänglichkeit, wie eine neue Verpflichtung. Nun ergibt es sich, daß ich ihn heute nehmen muß, am Ende vielleicht unsres Lebens und also da, wo er auch nach der Vorschrift hingehört. Aber bis heute war es oft gerade mitten in unseren größten Freuden und wenn nichts unser Einssein bedrohte, daß das Bedürfnis, dir Lebewohl zu sagen, mich fast erdrückte und mir das Herz mit tausend neuen Zärtlichkeiten füllte.

Alkmene. Tausend neue Zärtlichkeiten? Laß hören!

Amphitryon. Immer hatte ich das Gefühl, ich hätte diesem

Gesicht, in dem ich zeitlebens keine Falte gesehn haben werde, ein neues Geheimnis mitzuteilen; diesem Gesicht, diesen Augen – nie eine Träne, zeitlebens! Und diesen Wimpern – nicht eine gefallen, zeitlebens, nicht einmal dies, daß ich einen Wunsch hätte tun können! Ein neues Geheimnis, das war es: ein Abschiednehmen.

Alkmene. Aber geh nicht ins Einzelne, Liebster. Allen Teilen meines Körpers, die du nicht nennst, wird es sehr schmerzlich sein, vernachlässigt in den Tod zu gehen.

Amphitryon. Du meinst wirklich, der Tod ist für uns bereit?

Alkmene. Nein, töten wird Jupiter uns nicht. Viel eher, zur Strafe für unsere Weigerung, uns verwandeln, entarten: alles uns nehmen, was uns gemeinsam war an Geschmack und an Freuden; aus uns verschiedene Wesen machen, eines von jenen berühmten Paaren, ewig sich liebend, doch auf ewig getrennt, und ärger als durch den Haß: durch ihre Natur ... Eine Kröte und eine Nachtigall, eine Weide und einen Fisch ... Ich sage nichts mehr, damit er nicht noch auf Gedanken kommt! Ich, der das Essen nur halb so gut schmeckt, wenn du mit dem Löffel ißt und ich mit der Gabel: o Liebster, welchen Geschmack soll ich noch am Leben finden, wenn du durch Kiemen atmest und ich durch Blätter, wenn du dich durch Gequak verständigst und ich mich mit Trillern!

Amphitryon. Ich werde mit dir gehen, ich werde bei dir bleiben: Liebende haben nur eine Natur, die Gegenwart des anderen.

Alkmene. Meine Gegenwart? Vielleicht wird meine Gegenwart dir bald die schlimmste Qual sein. Vielleicht finden wir uns am Morgen wieder, Auge in Auge, in diesen selben Körpern, nur daß der deine unversehrt ist und meiner beraubt jener Jungfräulichkeit vor Gott, die eine Frau unter allen Umarmungen ihres Gatten sich zu bewahren hat. Kannst du dir ein Leben vorstellen mit einer solchen Gattin, die keine Achtung mehr vor sich hat, die entehrt ist, sei's auch durch zu viel Ehre, und entstellt durch Unsterblichkeit? Kannst du dir vorstellen, daß immer ein dritter Name, unsagbar, auf unseren Lippen sein sollte – unseren Mahlzeiten, unseren Küssen ein Gallengeschmack? Ich nicht. Was wirst du denken, wenn künftig der Donner grollt, wenn die Welt sich mit Blitzen füllt, Feldzeichen dessen, der mich entweiht hat? Noch die Schönheit der Schöpfung, geschaffen durch ihn, uns wird sie an die Schande gemahnen. Ach, dann lieber schon diese Verwandlung in niedere Wesen, doch reine Wesen! In dir ist so viel Rechtschaffenheit, so viel guter Wille, deine Rolle als Mensch zu spielen, daß ich auch unter den Fischen, den Bäumen dich sicher gleich erkennen würde an deiner gewissenhaften Art, dich im Winde zu wiegen, deine Beute zu verzehren oder deines Weges zu schwimmen.

Amphitryon. Der Steinbock hat sich aufgerichtet, Alkmene. Er kommt.

Alkmene. Leb wohl, Amphitryon. Und ich wäre doch so gern mit dir zusammen alt geworden, hätte so gern deinen Rücken sich krümmen sehen, gern an uns selber gesehn, ob es wahr ist, daß alte Eheleute das gleiche Gesicht bekommen, mit dir die Freuden der Herdbank genossen und der Erinnerung, wäre so gern gestorben, fast eins mit dir... Komm, Amphitryon, laß uns gemeinsam jetzt einen Augenblick von diesem Lebensabend kosten. Bilde dir ein, wir hätten nicht nur diese zwölf Monate hinter uns, sondern viele, viele Ehejahre. Hast du mich geliebt, mein lieber Alter?

Amphitryon. Mein ganzes Leben!

Alkmene. Hast du nicht, gegen unsre Silberhochzeit hin, eine Junge jünger gefunden als mich, eine Jungfrau von Sechzehn vielleicht, ebenso schüchtern wie frech, der dein Anblick und deine Taten den Kopf verdreht hatten, leichtsinnig und bezaubernd – kurz, du weißt schon: ein Biest?

Amphitryon. Du warst immer jünger als alle Jugend.

Alkmene. Und als die Fünfzig hinter uns lagen und ich reizbar wurde, lachte und weinte ganz ohne Grund, als ich dich drängte, weiß der Himmel warum, gewisse leichte Frauen zu besuchen, unter dem Vorwand, daß unsere Liebe dadurch nur lebendiger bliebe – da hast du nichts gesagt, da hast du nichts getan, hast du mir nicht gehorcht, nicht wahr?

Amphitryon. Nein. Du solltest im Alter stolz auf uns beide sein können.

Alkmene. O wie schön, dieser Lebensabend! Nun kann der Tod ruhig kommen.

Amphitryon. Wie gut wir uns an diese ferne Zeit erinnern! Und jener Morgen damals, weißt du noch, Alkmene? Wo ich den Krieg Krieg sein ließ und in der Frühe heimkam und dich im Dunkeln umarmte?

Alkmene. In der Frühe? Du meinst am Abend!

Amphitryon. Früh oder Abend, was kommt es jetzt darauf an! Mittag vielleicht, meinetwegen. Ich weiß nur noch, an jenem Tage nahm mein Pferd die breitesten Gräben, und am gleichen Morgen schlug ich siegreich die Schlacht. Aber was hast du, Geliebte? Du wirst so bleich?

Alkmene. Amphitryon, ich flehe dich an! Sag mir: war es am Abend spät oder am frühen Morgen?

Amphitryon. Alles sag ich dir, was du willst, Liebste... Ich will dir doch keinen Kummer machen.

Alkmene. Es war doch Nacht, nicht wahr? Es war Nacht!

Amphitryon. Es war Nacht, tiefe Nacht, in unserer dunklen Kammer... Ja, du hast recht! Der Tod kann kommen.

Die himmlische Stimme. Der Tod kann kommen.

*(Donnergetöse. Jupiter erscheint, gefolgt von Merkur.)*

## VIERTE SZENE

*Alkmene. Amphitryon. Jupiter. Merkur.*

Jupiter. Der Tod kann kommen, sagt ihr? Aber es ist nur Jupiter.

Merkur. Darf ich bekannt machen, Herr? Das ist Alkmene, die widerspenstige Alkmene.

Jupiter. Und wozu dieser Mann neben ihr?

Merkur. Das ist ihr Gatte, Amphitryon.

Jupiter. Amphitryon, der Sieger in der großen Schlacht von Korinth?

Merkur. Sie greifen den Ereignissen vor. Bei Korinth siegt er erst in fünf Jahren. Aber ja, das ist er.

Jupiter. Wer hat ihn herbestellt? Was will er hier?

Amphitryon. Herr!...

Merkur. Er will Ihnen seine Frau offenbar persönlich zuführen. Haben Sie's nicht von droben gesehen, wie er sie vorbereitet hat? Mit Küssen, Ihnen zugewandt, mit vielerlei Liebkosungen sich bemüht, ihr jenen Anreiz und jene Reife zu geben, die Ihrer Nacht mit Alkmene zur Vollendung verhelfen werden?... Danke, Fürst.

Amphitryon. Merkur irrt sich, Herr.

Jupiter. Ach, Merkur irrt sich? Du scheinst mir tatsächlich nicht von der Notwendigkeit überzeugt, daß heute nacht ich mich zu deiner Frau lege und dein Amt übernehme. Ich aber bin es.

Amphitryon. Ich, Herr, durchaus nicht!

Merkur. Es ist jetzt nicht mehr die Zeit zum Reden, Jupiter. Helios geht schon zur Ruhe.

Jupiter. Jupiter geht zur Ruhe, wann es ihm beliebt.

Merkur. Wenn sich die Götter erst mit den Menschen auf Zwiegespräche, auf Wortwechsel einlassen, dann hat's ein Ende mit den guten Tagen.

Amphitryon. Ich stehe hier, Herr, um Alkmene vor Ihnen zu schützen oder zu sterben.

Jupiter. Hör zu, Amphitryon. Ein Wort unter Männern. Du kennst meine Macht. Du verhehlst dir wohl nicht, daß ich dein Bett auch ungesehen in Besitz nehmen könnte, selbst in deiner Gegenwart. Mit ein paar Kräutern bloß aus diesem Park mache ich euch einen Trank, daß deine Frau toll wird nach mir und daß du sogar selber wünschst, mich zum Rivalen zu haben, zum siegreichen. Es ist also dieser Streit nicht ein Streit um die Sache, leider, sondern ein Streit um die Form – das kennt man: so kommt es auch zu den großen Spaltungen, so entstehen die Konfessionen. Hier geht es nicht um die Frage, ob ich

Alkmene bekomme, sondern allein um das Wie! Für diese kurze Nacht, diese kleine Formalität, willst du dich mit den Göttern entzweien?

Amphitryon. Ich kann Alkmene nicht preisgeben. Lieber die andere Formalität: den Tod.

Jupiter. Begreife doch mein Entgegenkommen! Ich liebe ja nicht Alkmene allein; dann hätte ich sie genommen, ohne dich vorher anzuhören. Ich liebe euch beide, als Paar. Ich liebe diese zwei schönen und starken Leiber, die ihr hier am Beginn der Menschenzeit über den Bug der Menschheit ragt wie zwei geschnitzte Gallionsfiguren. Ich möchte mit euch im Bunde sein.

Amphitryon. Wir fühlen uns Ihnen verbunden, und wir verehren Sie, seit jeher. Mehr wollen wir nicht. Mehr will ich nicht.

Jupiter. Dann kann ich dir nicht helfen. Laß das Fest beginnen, Merkur! Rufe die ganze Stadt zusammen. Da er's nicht anders will, laß die Wahrheit ans Licht kommen, die von gestern nacht und die von heute. Wir haben göttliche Mittel genug, diese Zwei hier zu überzeugen.

Amphitryon. Mit Wundern überzeugt man keinen General.

Jupiter. Ist das dein letztes Wort? Du willst wirklich den Kampf mit mir aufnehmen?

Amphitryon. Wenn es sein muß, ja.

Jupiter. Ich denke, du als Feldherr bist gescheit genug, dich auf kein Gefecht einzulassen, es sei denn mit Waffen, die meinen nichts nachgeben. Das ist das kleine Einmaleins der Taktik.

Amphitryon. Ich habe diese Waffen.

Jupiter. Nämlich?

Amphitryon. Ich habe Alkmene.

Jupiter. Nun gut, dann wollen wir keine Minute verlieren. Ich erwarte sie unbeirrt, deine Waffen. Ich bitte dich sogar, mich mit ihnen allein zu lassen. Komm, Alkmene. Ihr beiden, verschwindet.

## FÜNFTE SZENE

*Alkmene. Jupiter.*

Alkmene. Endlich allein!

Jupiter. Das hast du schön gesagt. Die Stunde ist da, in der du mir gehörst.

Alkmene. Meine letzte Stunde.

Jupiter. Laß diese Erpressung... Das ist unser beider unwürdig... Ja, da stehn wir uns nun wahrhaftig zum erstenmal von Angesicht zu Angesicht gegenüber – ich kenne deine Tugend, du kennst mein Begehren... Endlich allein!...

Alkmene. Sie sind oft auf die Art allein, nach allem, was man so hört?

Jupiter. Selten derart verliebt, Alkmene. Niemals so schwach wie heute. Von keiner anderen Frau hätte ich mir diese Mißachtung bieten lassen.

Alkmene. Gibt es das Wort »verliebt« auch in der Sprache der Götter? Ich dachte immer, die oberste Weltordnung triebe sie an, sich zu gewissen Zeiten auf die sterblichen Schönen zu stürzen?

Jupiter. Weltordnung ist ein zu großes Wort. Sagen wir lieber: das Schicksal.

Alkmene. So viel schweres Schicksal über einer kleinen Frau wie Alkmene, können Sie das mit ansehen? So viel Schwarz über diesem Blond?

Jupiter. In deinen Worten bekommt es zum erstenmal eine Farbe; ich bin entzückt. Aber du bist ein Aal in seinen Händen.

Alkmene. Ein Spielball in den Ihren. O Jupiter, gefalle ich Ihnen wirklich?

Jupiter. Kann man sagen, ein flüchtiges Reh gefällt? Sagen, mir gefällt ein Mandelbaum in Blüten? Dann, Alkmene, gefällst du mir.

Alkmene. Das ist meine einzige Hoffnung. Wenn ich Ihnen mißfiele, ganz wenig nur, würden Sie sicher nicht zögern, mich mit Gewalt zu lieben, um sich zu rächen.

Jupiter. Und ich, gefalle ich dir?

Alkmene. Können Sie daran zweifeln? Könnte ich bei einem Gott, der mir Abneigung einflößte, so das Gefühl haben, meinen Gatten zu hintergehen? Für meinen Körper wäre es wohl entsetzlich, doch meine Ehre bliebe mir unberührt.

Jupiter. Du willst mir entsagen, weil du mich liebst? Du wehrst dich, weil du schon mein bist?

Alkmene. Das ist die Art der Liebe.

Jupiter. Du nötigst heut den Olymp, eine sehr gewählte Sprache zu führen.

Alkmene. Das kann ihm gar nichts schaden. Ich meine, ein Wort Ihrer Alltagssprache, schon ein einziges Wort, so gewalttätig ist sie, müßte die Welt zugrunde richten.

Jupiter. Theben hat für heute wirklich nichts zu fürchten.

Alkmene. Und soll Alkmene mehr zu fürchten haben? Warum müssen Sie mich so quälen, warum ein Paar, das zusammengehört, zerreißen, warum das Glück eines Augenblicks an sich raffen und nichts als Trümmer zurücklassen?

Jupiter. Das ist die Art der Liebe ...

Alkmene. Und wenn ich Ihnen Besseres zu bieten hätte als Liebe? Die Liebe können Sie mit anderen kosten. Ich aber möchte ein Band zwischen uns schaffen, zarter als Liebe und stärker. Ich allein von allen Frauen kann es Ihnen bieten. Ich biete es Ihnen.

Jupiter. Und das wäre?

Alkmene. Die Freundschaft!

Jupiter. Freundschaft! Was ist das für ein Wort? Das mußt du mir erklären. Ich höre es heute zum erstenmal.

Alkmene. Wirklich! Oh, da machen Sie mir eine große Freude! Nun bin ich fest entschlossen! Ich schenke Ihnen meine Freundschaft. Sie sind der erste ...

Jupiter. Was verstehst du darunter? Ist das ein gebräuchliches Wort?

Alkmene. Das Wort ist gebräuchlich.

Jupiter. Freundschaft... Es ist wahr, gewisse Gebräuche der Menschen sind uns immer noch unerklärlich, von so hoch oben... Erzähle... Wenn manche Leute sich vor den andern verbergen, so wie wir, in einer stillen Kammer, aber dann Goldstücke aus den zerschlissenen Kleidern ziehen, sie zählen, sie küssen – ist das Freundschaft?

Alkmene. Nein, das ist Habgier.

Jupiter. Und die zur Zeit des vollen Mondes, den Blick starr auf ihn gerichtet, sich auskleiden und mit den Händen sich über den Körper streichen, als wollten sie sich einseifen mit seinem Glanz – sind das Freunde?

Alkmene. Nein, die sind mondsüchtig.

Jupiter. Laß mich nicht länger im Dunkeln tappen! Und die bei einer Frau, anstatt sie selbst zu lieben, nur einem Handschuh nachjagen, einer ihrer Sandalen, sie an sich bringen und dieses Stück Haut von Rind oder Ziege mit Küssen bedecken – sind das etwa Freunde?

Alkmene. Nein, das sind Kranke.

Jupiter. Also dann beschreibe mir deine Freundschaft. Ist sie eine Leidenschaft?

Alkmene. Über alle Maßen.

Jupiter. Worauf ist sie gerichtet?

Alkmene. Worauf? Auf den ganzen Menschen; nur ein Sinn fehlt.

Jupiter. Den werden wir ihm wiedergeben, wenn nötig durch ein Wunder. Wie äußert sie sich?

Alkmene. Sie vereint die verschiedensten Wesen und macht sie einander gleich.

Jupiter. Jetzt glaube ich zu verstehen! Manchmal sehen wir, von unserer Erdwarte aus, zwei Wesen sich absondern und zusammenhalten, ohne ersichtlichen Grund, denn es scheint zwischen ihnen nichts Gemeinsames zu geben: einen Minister, der alle Tage einen Gärtner besucht; einen Löwen im Käfig, der nach einem Pudel verlangt; einen Seemann und einen Gelehrten; eine Pardelkatze und einen Keiler. Und wirklich, sie scheinen einander völlig gleich, und sie treten Seite an Seite dem Alltag entgegen und dem Tod. Schließlich dachten wir schon, es müßten wohl diese Wesen verwandt sein durch irgendeine geheime Zusammensetzung ihrer Körper.

Alkmene. Das ist sehr wohl möglich. Auf jeden Fall: das ist Freundschaft.

Jupiter. Ich sehe diese Katze noch vor mir. Fortwährend umsprang sie ihren geliebten Keiler. Dann verbarg sie sich in einem Ölbaum, und als der Schwarzkittel grunzend an den Wurzeln entlangstrich, ließ sie sich fallen, weich wie Samt, auf die starren Borsten.

Alkmene. Ja, die Pardelkatzen sind vortreffliche Freunde.

Jupiter. Der Minister wieder ging mit dem Gärtner eine Allee auf und ab. Er sprach von Pfropfreisern, von Ackerschnecken; der Gärtner von Debatten und Steuern. Dann, nachdem jeder das Seine gesagt hatte, blieben sie am Ende der Allee stehen, als wäre die lange Furche der Freundschaft umgepflügt, und sahen sich einen Augenblick grad ins Gesicht; dabei zwinkerten sie sich einträchtig zu und strichen sich den Bart.

Alkmene. Auch das: Freunde.

Jupiter. Und was tun wir dann, wenn ich dein Freund geworden bin?

Alkmene. Zunächst einmal werde ich an Sie denken, statt an Sie zu glauben... Und dies Gedenken wird freiwillig sein und mir aus dem Herzen kommen, während mein Glaube Gewohnheit war, überkommen von meinen Vorfahren... Meine Gebete werden nicht mehr Gebete sein, sondern Worte. Ich werde keine Bräuche mehr befolgen, ich werde Ihnen Zeichen geben.

Jupiter. Wird dich das nicht zu sehr in Anspruch nehmen?

Alkmene. O nein. Die Freundschaft eines allerhöchsten Gottes, die unwandelbare Zuneigung eines Wesens, das alles vermag, alles zerstören kann und alles erschaffen, das ist sogar das Wenigste, was eine Frau an Freundschaft erwartet. Darum haben Frauen auch niemals Freunde.

Jupiter. Und ich, was müßte ich tun?

Alkmene. Sooft die Gesellschaft der Menschen mich abgespannt hätte, müßten Sie mir erscheinen, ohne ein Wort zu sagen; sich lautlos an den Fuß meines Lagers setzen – aber nicht etwa unruhig die Tatzen oder den Schwanz meiner Decke aus Leopardenfell zwirbeln, denn dann wäre es Liebe – und auf einmal verschwunden sein... Aber Sie wären dagewesen! Verstehen Sie?

Jupiter. Ich glaube schon... Prüfe mich. Nenne mir Fälle, wo du meine Hilfe brauchst: ich werde mich bemühen, dir zu sagen, was ich als dein Freund zu tun hätte.

Alkmene. Glänzender Gedanke! Sind Sie bereit?

Jupiter. Ich bin bereit.

Alkmene. Ein abwesender Gatte?

Jupiter. Ich entsende einen Kometen, ihn zu leiten. Ich schenke dir ein zweites Gesicht, das dir gestattet, ihn aus der Ferne zu sehen, und, um ihn einzuholen, eine zweite Sprache.

Alkmene. Ist das alles?

Jupiter. Oh, pardon! Ich bringe ihn dir zurück.

Alkmene. Ein lästiger Besuch von Freundinnen oder Tanten?

Jupiter. Ich lasse eine Seuche auf sie los, daß ihnen die Augen aus den Höhlen treten. Ich schicke ihnen eine Krankheit, die ihnen die Leber zerfrißt, und eine Kolik ins Gehirn. Die Decke stürzt ein, der Estrich öffnet sich... Auch nicht das Richtige!

Alkmene. Wie man's nimmt: zu viel, und andererseits zu wenig!

Jupiter. Oh, nochmal pardon! Ich schaffe sie dir vom Hals.

Alkmene. Ein krankes Kind?

Jupiter. Die ganze Welt ist nur noch Traurigkeit. Die Blumen verlieren den Duft. Die Tiere lassen die Köpfe hängen...

Alkmene. Heilen würden Sie's nicht?

Jupiter. Doch, doch, natürlich! Wie dumm von mir!

Alkmene. Das vergessen die Götter ja immer. Sie haben Mitleid mit den Kranken, sie verabscheuen die Bösen. Sie vergessen dabei nur zu heilen, zu strafen. Aber im ganzen haben Sie's verstanden. Ergebnis der Prüfung zufriedenstellend.

Jupiter. Liebste Alkmene.

Alkmene. Bitte, Jupiter, lächeln Sie nicht so. Seien Sie nicht grausam! Haben Sie denn noch nie einem Ihrer Geschöpfe ein Opfer gebracht?

Jupiter. Ich hatte noch nie die Gelegenheit.

Alkmene. Sie haben sie jetzt. Wollen Sie sie ungenutzt verstreichen lassen?

Jupiter. Tröste dich, Alkmene. Du sollst deinen Lohn erhalten; es ist an der Zeit. Seit heute morgen bewundere ich deinen Mut und deine Standhaftigkeit, und wie arglos du deine Listen knüpfst und wie ehrlich du bist im Lügen. Du hast mich gerührt. Und wenn dir's gelingt, dein Nein vor den Thebanern zu rechtfertigen, will ich mich dir heute abend nicht aufdrängen.

Alkmene. Mit den Thebanern sprechen, wozu? Daß die Welt mich für Ihre Geliebte hält, das will ich gern in Kauf nehmen, wie Sie sich denken können; und Amphitryon sicher auch. Freilich wird uns das Neider schaffen, aber es soll uns eine Freude sein, für Sie zu leiden...

Jupiter. Komm in meine Arme, Alkmene, und laß uns Abschied nehmen.

Alkmene. In den Arm eines Freundes? Ach Jupiter, liebend gern!

Die himmlische Stimme. Alkmenens Abschied von Jupiter, ihrem Geliebten.

Alkmene. Haben Sie gehört?

Jupiter. Ich habe gehört.

Alkmene. Von Jupiter, meinem Geliebten?

Jupiter. Geliebter bedeutet auch Freund; eine himmlische Stimme darf sich so vornehm ausdrücken.

Alkmene. Ich fürchte mich, Jupiter. Dieses eine Wort weckt auf einmal so viele Ängste in mir!

Jupiter. Fürchte dich nicht.

Die himmlische Stimme. Jupiters Abschied von Alkmene, seiner Geliebten.

Jupiter. Das ist wieder so ein Streich von Merkur. Dem werde ich was erzählen! Aber was ist dir, Alkmene? Was wirst du so bleich? Muß ich es noch einmal sagen: ich will dein Freund sein, einverstanden!

Alkmene. Ohne Vorbehalt?

Jupiter. Ohne Vorbehalt.

Alkmene. Dieses Einverständnis kommt mir sehr plötzlich! Es klingt fast so, als wären Sie ganz zufrieden mit meiner Freundschaft!

Jupiter. Das bin ich auch, sehr zufrieden.

Alkmene. Zufrieden, daß Sie nicht mein Liebhaber waren?

Jupiter. Das will ich damit nicht sagen...

Alkmene. Das kann ich mir auch nicht denken! Jupiter, Sie sind nun mein Freund; also sprechen Sie offen mit mir. Sind Sie ganz sicher, daß Sie niemals mein Liebhaber waren?

Jupiter. Warum diese Frage?

Alkmene. Sie haben vorhin mit Amphitryon Ihren Spaß getrieben. Das war kein wirklicher Kampf zwischen seiner Liebe und Ihrem Begehren... Es war nur Spielerei von Ihrer Seite... Sie hatten da schon auf mich verzichtet... Und ich möchte fast meinen, wie ich die Männer kenne: deshalb, weil Ihr Begehren schon früher Erfüllung gefunden hatte.

Jupiter. Früher? Wie soll ich das verstehen?

Alkmene. Sind Sie sicher, daß Sie niemals in meine Träume eingedrungen sind, daß Sie sich niemals als Amphitryon gegeben haben?

Jupiter. Ganz sicher.

Alkmene. Vielleicht ist es Ihnen auch nur entfallen. Das wäre nicht verwunderlich, bei so vielen Abenteuern...

Jupiter. Alkmene!

Alkmene. Dann kann Ihre Liebe so groß nicht gewesen sein. Freilich, das ist nun vorbei, aber ich muß es doch sagen: einmal im Leben Jupiters Lager geteilt zu haben, das wäre schon ein stolzes Gefühl für eine kleine Frau aus dem Volke. Nun ja!

Jupiter. Liebe Alkmene, du stellst mir da eine Falle!

Alkmene. Eine Falle? Fürchten Sie denn, ich könnte Sie fangen?

Jupiter. Ich lese in deiner Seele, Alkmene, ich sehe dort deine Unruhe, deine geheimen Absichten. Ich sehe, daß du entschlossen bist, dich zu töten, wäre ich je dein Geliebter gewesen. Ich war es nicht.

Alkmene. Nehmen Sie mich in Ihre Arme.

Jupiter. Gern, kleine Freundin. Fühlst du dich wohl bei mir?

Alkmene. Ja.

Jupiter. Ja? Und weiter?

Alkmene. Ja, liebster Jupiter ... Oh, Ihnen scheint das wohl ganz natürlich, daß ich Sie liebster Jupiter nenne?

Jupiter. Du hast es so natürlich gesagt.

Alkmene. Eben, wie komme ich nur dazu, das von mir aus zu sagen? Das ist es, was mich beunruhigt. Und dieses Wohlbehagen, diese Zutraulichkeit, die mein Körper für Sie empfindet – woher kommt das? Ich fühle mich so leicht in Ihren Armen, als käme diese Leichtigkeit von Ihnen.

Jupiter. Ja, wir verstehen uns wirklich gut.

Alkmene. Nein, wir verstehen uns schlecht. In vielen Punkten – angefangen mit Ihrer Schöpfung, wenn ich das sagen darf, und dann zum Beispiel, was Ihren Anzug angeht – bin ich mit Ihnen gar nicht einverstanden. Aber unsere Körper verstehen sich. Beide sind sie noch magnetisch aufeinander eingestellt, wie die der Gymnasten nach ihren Spielen. Wann hat es stattgefunden, unser Spiel? Gestehen Sie's.

Jupiter. Niemals, sage ich dir.

Alkmene. Und woher käme dann meine Unruhe?

Jupiter. Daher, daß ich mich wider Willen in deinen Armen gedrängt fühle, doch die Gestalt Amphitryons anzunehmen. Oder auch daher, vielleicht, daß du beginnst, mich zu lieben.

Alkmene. Nein, das ist kein Beginn, im Gegenteil. Waren nicht doch etwa Sie es, der damals, nach dem großen Brande von Theben, mein Bett bestiegen hat, noch ganz voller Glut?

Jupiter. Nein, und auch nicht voller Seesand und Tang, neulich abend, nachdem dein Mann dieses Kind aus dem Meer gefischt hatte...

Alkmene. Sehen Sie, Sie wissen es!

Jupiter. Weiß ich nicht alles, was dich betrifft? Aber nein, leider nein, das war wirklich dein Gatte. Was hast du für weiches Haar!

Alkmene. Mir ist, als wär es nicht das erste Mal, daß Sie mir diese Locke aus der Stirn streichen, daß Sie sich so über mich beugen... War es frühmorgens, war es am Abend, daß Sie zu mir kamen und mich liebten?

Jupiter. Du weißt es doch, es war Morgen. Glaubst du denn, Ledas List sei mir verborgen geblieben? Dir zu Gefallen hab ich sie mir gefallen lassen.

Alkmene. O Herr der Götter, kannst du Vergessen schenken?

Jupiter. Ich kann Vergessen schenken wie der Mohn, ich kann den Schmerz betäuben wie der Baldrian. Die großen Götter im Himmel haben im ganzen die gleiche Macht wie die verstreuten kleinen im Reich der Natur. Was denn willst du vergessen?

Alkmene. Diesen ganzen Tag. Ich möchte ja so gern glauben, daß alles daran, rundherum, so seine Richtigkeit hatte. Aber es liegt etwas über ihm, irgend etwas Unheimliches, das mich bedrückt. Ich bin nicht die Frau, einen unklaren Tag, sei es auch nur einen einzigen, in meinem Leben zu dulden. Mein ganzer Leib hat Freude an dieser Stunde, in der ich dir begegnet bin; und meine ganze Seele empfindet ein Unbehagen. Ist das nicht eben das Gegenteil von dem, was ich fühlen müßte? Gib meinem Gatten und mir die Kraft, alles an diesem Tag zu vergessen, bis auf unsere Freundschaft.

Jupiter. Es geschehe, wie du es wünschst. Komm noch einmal in meine Arme, diesmal mit all deiner Zärtlichkeit.

Alkmene. Gut, da ich's doch gleich vergessen werde...

Jupiter. Es ist sogar notwendig so; denn nur mit einem Kuß kann ich Vergessen schenken.

Alkmene. Wirst du Amphitryon auch so küssen?

Jupiter. Da du doch alles vergessen wirst: willst du nicht, daß ich dir zeige, Alkmene, was deine Zukunft sein wird?

Alkmene. Gott bewahre mich.

Jupiter. Sie wird glücklich sein, glaube mir.

Alkmene. Ich weiß, was das ist, eine glückliche Zukunft. Mein geliebter Mann wird leben und wird sterben. Mein liebster Sohn wird geboren werden, wird leben und wird sterben. Ich werde leben und werde sterben.

Jupiter. Und warum nicht unsterblich sein?

Alkmene. Ich bin für Abenteuer nicht zu haben. Das ist ein Abenteuer, die Unsterblichkeit.

Jupiter. Alkmene, geliebte Freundin, ich will, daß du teilhast an unserem göttlichen Leben, und sei's auch nur auf einen Augenblick. Da du doch alles vergessen wirst: willst du nicht sehen, in einem Blitz, was die Welt ist, und sie begreifen?

Alkmene. Nein, Jupiter; ich bin nicht neugierig.

Jupiter. Willst du sehen, welch gähnende Leere, welche gähnende gähnende Leere, welche unendliche Leere die Unendlichkeit ist? Und wenn dir bang ist vor Angst vor dem Anblick dieser milchigen Unwelten, will ich in einem Winkel die Blume, die dir die liebste ist, aufglühen lassen, Rose oder Vergißmeinnicht, um einem Stück Unendlichkeit dein Siegel einzudrücken.

Alkmene. Nein.

Jupiter. Laßt mich doch heute nicht, du und dein Gatte, mit meiner Göttlichkeit ganz allein! Willst du das Drama der Menschen sehen, von seinem Ursprung bis an sein Ende? Willst du die elf Großen nicht sehen, die der Menschheit Krone sein werden, mit ihrem edlen Judenantlitz, ihrer kleinen lothringer Stupsnase?

Alkmene. Nein.

Jupiter. Ich frage dich zum letztenmal, liebste eigensinnige Frau! Da du doch alles vergessen wirst, willst du nicht wissen, auf welchen Schein euer Glück gegründet ist, auf wieviel Täuschung eure Tugend ruht?

Alkmene. Nein.

Jupiter. Auch nicht, was ich in Wahrheit für dich bin, Alkmene? Und auch nicht, was er birgt, dieser Schoß, dieser geliebte Schoß?

Alkmene. Zu spät!

Jupiter. Dann vergiß. Vergiß alles, bis auf diesen Kuß. *(Er küßt sie.)*

Alkmene *(zu sich kommend)*. Welchen Kuß?

Jupiter. Oh, das kannst du mir nicht erzählen! Dafür hab ich gesorgt, daß du mir diesen Kuß nicht vergißt.

## SECHSTE SZENE

*Alkmene. Jupiter. Merkur.*

Merkur. Ganz Theben harrt am Fuße des Palastes, Jupiter. Man hofft sehr, daß Sie sich zeigen, Arm in Arm mit Alkmene.

Alkmene. Hierher, Jupiter, kommen Sie. Alle sollen uns sehen, und alle werden zufrieden sein.

Merkur. Man erwartet einige passende Worte von Ihnen, Jupiter. Sprechen Sie nur recht laut. Die Leute haben sich mit Bedacht etwas seitlich aufgestellt, damit ihr Trommelfell ja keinen Schaden nimmt.

Jupiter *(sehr laut)*. Endlich begegne ich dir ... Teure Alkmene!

Alkmene *(sehr leise)*. Ja, bester Jupiter, wir müssen Abschied nehmen.

Jupiter. Unsere Nacht beginnt, fruchtbringend für die Welt.

Alkmene. Unser Tag geht zu Ende, und ich hatte ihn liebgewonnen.

Jupiter. Angesichts dieser prächtigen, hochgemuten Thebaner...

Alkmene. Dieser erbärmlichen Wichte, die meinen Fehltritt zu feiern glauben und denen meine Tugend für nichts gilt...

Jupiter. ... empfange von mir diesen ersten Kuß zum Willkommen.

Alkmene. Diesen dritten zum Abschied auf ewig.

*(Sie schreiten die Balustrade entlang. Dann führt Alkmene Jupiter an die kleine Seitenpforte.)*

Jupiter. Und nun?

Alkmene. Nun, da die Legende im Lot ist, wie es den Göttern gebührt, bringen wir still mit einem Vergleich die Geschichte ins reine, wie es den Menschen zukommt... Niemand sieht uns hier mehr ... Entziehen wir uns den Schicksalsgesetzen... Bist du da, Amphitryon?

*(Amphitryon tritt aus der Seitenpforte.)*

Amphitryon. Da bin ich, Alkmene.

Alkmene. Bedanke dich bei Jupiter, Geliebter. Er besteht darauf, mich dir unversehrt höchstselbst zurückzuerstatten.

Amphitryon. So aufmerksam sind auch nur Götter.

Alkmene. Er hat uns bloß auf die Probe gestellt! Alles, was er von uns begehrt, ist ein Sohn.

Amphitryon. Wir werden ihn haben, Herr, in neun Monaten; das verspreche ich Ihnen!

Alkmene. Und wir werden ihn Herkules nennen, weil Sie den Namen so lieben. Er soll auch immer brav und artig sein.

Jupiter. Ja, das kann ich mir vorstellen ... Also leb wohl, Alkmene, sei glücklich; und du, Merkur, bewährter Freudenmeister, schaffe zum Beweis unsrer Freundschaft, ehe wir diesen Ort verlassen, diesen wiedervereinten Gatten die Belohnung, die ihnen gebührt.

Merkur. Für zwei wiedervereinte Gatten? Da ist mein Auftrag sehr schnell erfüllt. Teilzunehmen an ihren Freuden lade ich alle Götter ein, und auch dich, Leda, die du noch lernen kannst, ebenso euch, ihr wackeren Leute, die ihr am heutigen Tage zugleich Helfershelfer der Liebe und des Krieges gewesen seid: Reitknecht, Krieger, Trompeter! Sperrt die Augen auf, und um ihr Lager, ihren Lustschrei zu übertönen, soll es widerhallen von Liedern, von Fanfaren und Donner!

*(Alle von Merkur Aufgerufenen drängen sich auf die Szene.)*

Alkmene. O Jupiter. Sagen Sie ihm, er soll still sein. Denken Sie an Alkmene.

Jupiter. Alkmene und nochmals Alkmene! Soll ich denn heute immer wieder nur an Alkmene denken? Dann allerdings, dann irrt sich Merkur! Dann ist dies das Allergeheimste, dann allertiefstes, verschwiegenstes Schweigen! Dann also kommt, verschwinden wir, Götter und Volk, hinauf in die Himmel, hinab in die Höhlen. Und ihr, Zuschauer, zieht euch zurück, lautlos, als ging euch das gar nichts an und als hättet ihr nichts gesehen. Lassen wir nun zu guter Letzt noch einmal Alkmene und ihren Gatten erscheinen, mit sich allein in einem Kreis von Licht, in dem mein Arm nichts zu bedeuten hat, als wie ein Zeiger nur den Weg des Glücks zu weisen; und über dieses Paar, das nie sich vergangen hat und niemals vergehen wird, dem der Geschmack verbotener Küsse unbekannt sein wird für immer, Vorhänge ihr dort oben der Nacht, die ihr so lange schon an euch haltet, einzufrieden mit Samt diese kleine Lichtung der Treue, senkt euch.

*(Vorhang.)*

# NACHWORT

*Amphitryon 38* – ein ungewöhnlicher Komödientitel, dessen pedantisch präzisierende Kennziffer hin und wieder gelehrtes Kopfzerbrechen verursacht hat. Ob dabei der gelernte Literarhistoriker – Giraudoux war von Haus aus Germanist, volle drei Tage sogar Deutschlehrer – an einen ironisch fachsimpelnden Wink zur stoffgeschichtlichen Schnitzeljagd dachte oder, ernsthafter, sein Stück bewußt in die lange Tradition der Amphitryon-Bearbeitungen einreihen wollte, sei es auch in Gestalt eines koketten Bescheidenheitstopos: mit Gründlichkeit läßt sich die Frage gewiß nicht beantworten.
Fest steht dagegen, daß das Giraudoux wohlbekannte Amphitryon-Lustspiel Heinrich von Kleists während der Studienjahre an der École Normale Supérieure (1905–07) in einer Reclam-Ausgabe zugänglich war, deren Kommentator (Wilhelm Henzen, in Band 4519 von Reclams Universal-Bibliothek, Leipzig 1903) Kleists Stück als die fünfunddreißigste Bearbeitung des Amphitryon-Stoffs bezeichnet. So wäre keinesfalls ausgeschlossen, daß die schnurrige Chiffre-Nummer, wohldokumentierte Kenntnis von mittlerweile siebenunddreißig Präzedenzfällen, den eifrigen Herausgeber beim Wort nimmt und zum besten hält und somit zugleich einen bibliographischen Schnörkel der Reclam-Verlagsgeschichte darstellt. Habent sua fata libelli.
Wie ernst man immer sie nehmen will: die Zahl steht jedenfalls für eine unleugbar attraktive Kuriosität des mythischen Stoffs, der von der Antike bis zur aktuellen Theatergeschichte (Peter Hacks) ungewöhnlich inspirativ geblieben ist. Wo indessen liegt das Kuriosum?

## *Amphitryon*

Barmherziger Liebe voll, neigt sich Gott, bewegt von den Leiden und Gebrechen der Schöpfung, zu einem sterblichen Weibe herab, um durch die Auserwählte der Welt den Erlöser zu senden: dies die christliche Wendung des indoeuropäischen Mythos.

Es genügt, davon die Sprachschicht sakraler Terminologie abzuheben, um die Fabel von der göttlichen Zeugung des Plagenbezwingers Herakles wiederzuerkennen. Ihre überraschende Verwandtschaft mit dem zentralen religiösen Motiv unseres Kulturkreises ist so offensichtlich, daß man sie sich, in den Augen eines christlichen Dichters, in der Tat als poetisches Skandalon vorstellen könnte.

Bevor es hierzu kommt (vgl. Burmeister und Kleist), durchläuft der ursprünglich heroisch-tragische Stoff eine Metamorphose, an deren vorläufigem Ende kurioserweise eine Komödie steht. Tatsächlich ist dieser paradoxe Sprung in die Komik möglich und (nach verschollenen Amphitryon-Tragödien der drei großen griechischen Tragiker erstmals belegbar in der *Plautus*-Komödie *Amphitruo*) auch gemacht worden, »ohne einen einz'gen Vers zu streichen« (Plautus, Prolog): nämlich als das Interesse am Herakles-Motiv zurücktrat gegenüber dem Geschmack an der galanten Verwechslungs- und Ehebruchsintrige Jupiters, der die tugendhafte Gemahlin Amphitryons in ebendessen Gestalt verführt.

So scheint die bereits in der ersten erhaltenen dramatischen Bearbeitung erkennbare Affinität des erhabenen Mythos zur Zweideutigkeit das genannte poetische Skandalon noch pikant zu akzentuieren.

Es bleibt nicht aus, daß Anstoß erregt wird. Zwar rückt die eigentliche Fabel bis ins 16. Jahrhundert (das Mittelalter kann mit solchen Göttern wenig anfangen) in den Hintergrund, doch mit dem wiedereinsetzenden weltanschaulichen, philologischen und dramatischen Interesse der Renaissance artikuliert sich das Ärgernis.

In Spanien hält *Perez de Oliva* (1531) mit seiner Skepsis gegenüber der Moral solcher Götter nicht hinterm Berg und stellt Alkmene als Opfer eines simplen Betrugs dar. Der Portugiese *Camões* (vor 1549) versucht noch, den Göttervater angesichts seines wenig honorigen Tricks dahin zu entlasten, daß er dessen Urheberschaft dem beratenden Merkur in die Schuhe schiebt. Einen naheliegenden Schritt weiter geht endlich die Bearbeitung

*Ludovico Dolces* (1545), der die Götterfabel aus dem mythischen Theben ins zeitgenössische Italien transponiert und als massive Hahnrei-Komödie auf die Bretter bringt: die konsequenteste Antwort auf die Fragwürdigkeit der lädierten Göttertradition.

*Die Gesellschaft: Molière*

Der solcherart entmythologisierte Stoff bietet sich zum Spiel mit dem Mythos an. *Molière* (1668), auf eine Vorlage *Jean Rotrous* (1636) zurückgreifend, baut den dämmernden Götterhimmel zwar in leuchtenden Farben wieder auf, aber vor dem unmißverständlichen Hintergrund von Versailles; und der skeptisch kommentierte Mythos des in sein Geschöpf verliebten Göttervaters meint präziser den des von Affäre zu Affäre gravitierenden Sonnenkönigs, der gerade in diesem Punkt seinem erklärten mythologischen Vorbild kaum nachstand, auch was die Großzügigkeit der angewandten Mittel angeht: »Wer in sein Glück mit Jupiter sich teilt, / Kann nimmermehr für ehrlos gelten«, meint ebenjener, jovial, in seiner Schlußapotheose, und überläßt es dem Diener Sosias, derlei Göttliches auf menschliche Begriffe zu bringen – »Wie nett versüßt Herr Jupiter die Pille!« – und zum Spielschluß seinem Publikum einen guten Rat mitzugeben »Das Klügste aber ist, jetzt still nach Haus zu gehn / Und über das, was hier geschehn, / Den Mund zu halten« (Übersetzung Arthur Luther; Reclams Universal-Bibliothek Nr. 8488.)
In einer neuen Dimension hat der Stoff seine alte Brisanz erwiesen; war die von ihm zitierte *metaphysische* Autorität zum Bildungserlebnis verblaßt, so wird sie im Spiegel der Molièreschen Satire als durchaus *politische* wieder bewußt gemacht und mit dem entsprechenden – nach den Möglichkeiten des Satirikers zwar eher ironischen als etwa aggressiven – Fragezeichen versehen.

*Das Skandalon: Kleist*

Damit scheint der Bereich des Tragischen, Metaphysischen, gar Religiösen, innerhalb dessen die unbekannten griechischen

Stücke sich bewegt hatten, endgültig verlassen, der Stoff zur reinen Gesellschaftskomödie »abgesunken« zu sein.

War die skandalöse Affinität einer heidnischen Fabel zum christlichen Erlösungsmythos in den nachplautinischen Bearbeitungen bislang ignoriert oder aber in den Umkreis lasziver Ehebruchskomik und Göttersatire verlagert worden, so bietet sich die Alternative an, dieses Skandalon zu poetisieren. 1621 schreibt *Johannes Burmeister* seine *ex Plauto ad Christum inversa comoedia »Sacri mater virgo«*, ein lateinisches Drama, das Handlung und Gestalten der langen Nacht Jupiters mühelos auf die christliche Weihnachtsgeschichte überträgt: das Menschenpaar Alkmene – Amphitryon wird ersetzt durch Maria und Joseph, statt Herakles wird Christus geboren, stellvertretend für Jupiter erscheint (immerhin) Gabriel.

Wie dieser Versuch aufgenommen wurde, läßt sich nur schwer feststellen; einem späteren, der – wesentlich vorsichtiger – ein wenig in ähnliche Richtung zu weisen scheint, ist eine wohltradierte olympische Abfuhr zuteil geworden: »Das Stück Amphitryon von Kleist enthält nichts Geringeres als eine Deutung der Fabel ins Christliche, in die Überschattung der Maria vom Heiligen Geist« (Goethe zu Eckermann, 1807).

Heinrich von Kleists *Amphitryon. Ein Lustspiel nach Molière* (1807) hat seit Goethes Tagebuchnotizen, in denen es gegenüber der Vorlage abqualifiziert wird, immer wieder als nationales Dokument deutschen Tiefsinns contra französische Oberflächlichkeit herhalten müssen: chronologisch flankiert von den beiden prominentesten französischen Amphitryon-Stücken (Molière/Giraudoux) scheint es zur ideologischen Auf- und Abrechnung geradezu herauszufordern. Nun sind nationale Klischeevorstellungen als literarisches Kriterium wenig ergiebig. Trotzdem würde man den Bearbeitungen Kleists und Giraudoux' (1929) nicht gerecht, wollte man die jeweiligen Nationalideologien gänzlich ignorieren, die den Stücken selber, als Stellungnahme zur jeweiligen Vorlage, zugrundeliegen.

Es ist nachgewiesen worden, daß die Rückführung zu fast religiöser Weihe aus der Verweltlichung der Molièreschen Gesellschaftskomödie durch Kleist als Ausdruck eines veränderten, negativen Gesellschaftsverständnisses zu betrachten ist, das nicht ganz von Ressentiments gegen eine Gesellschaft, wie sie Molières Stück vorführt, frei ist. Diese erscheint, trotz aller satirischen Einzelzüge, insgesamt als Institution, die durch Autorität, oder, wenn nötig, durch Intervention des Monarchen ex machina gesichert ist und jederzeit (wie auch immer) demjenigen Schutz zu bieten vermag, der sich nicht selbst von ihr abwendet.

Genau das aber tut die Alkmene Kleists. Eine solche Gesellschaft erscheint ihr im vorhinein als »lästig« und erst recht nicht mehr als heil- (und Komödien-Schluß)bringende, ja selbst nur appellationsfähige Instanz angesichts der Situation, in die sie durch Jupiters Täuschung geraten ist: an Welt und Wirklichkeit irre geworden, beruft sie sich ausschließlich auf ein höchst subjektives »innerstes Gefühl«. – Auch und gerade in einem Universum, das von einem selber recht nebelhaften und bedürftigen Gott gelenkt wird (»Auch der Olymp ist öde ohne Liebe«; II, 5), ist dies ein recht vager Halt, der, wie sich im vieldeutig resignierenden »Ach!« Alkmenes am Ende dieses »Lustspiels« erweist, dessen tiefsinnig schwankenden Bau nicht recht zu tragen vermag.

### *Amphitryon 38*

Diese unsicher schwebende Gestalt fordert nun Giraudoux' Gegenentwurf auf eine ähnliche Weise heraus, wie sie ihrerseits als Erwiderung auf die allzu glatte Heldin der Molière-Komödie zu sehen ist:

– »Französisch«: Grande dame erlauchter Hofgesellschaft, selbstsicher bis zur Arroganz dem verwirrten Amphitryon, bis zur Koketterie dem verwirrenden Jupiter gegenüber – gesichert nämlich (Kompromißbereitschaft vorausgesetzt) durchs verläßliche System einer wohlfunktionierenden Etikette, die das Außerordentliche zwar nicht zu würdigen, aber zu integrieren vermag;

– »Deutsch«: ein bißchen trotzig-hilflos zunächst, Pastorale aus

Kleists verschwärmter Schweizer Bauern-Idylle (»Amphitryon! So willst du gehn? Ach, wie / So lästig ist so vieler Ruhm, Geliebter! / Wie gern gäb' ich das Diadem, das du / Erkämpft, für einen Strauß von Veilchen hin, / Um eine niedre Hütte eingesammelt. / Was brauchen wir als nur uns selbst?...«; I, 4); der Gesellschaft feind, folglich auch ohne deren (wie immer gearteten) Halt, dem Außerordentlichen dagegen offen mit allen Sinnen bis zur Jenseitigkeit; und vom gequält triumphierenden Kleist-Jupiter endlich mit Ehrerbietung als »Du Heilige« eher angerufen als ausgezeichnet;
– »Französisch«: selbstsicher – aber nicht nur im Gesellschaftlichen, sondern im Realen schlechthin und von entschlossener Diesseitigkeit; solidarisch weder mit sozialen noch metaphysischen Instanzen, sondern mit der trivialsten Wirklichkeit; nicht fromm, sondern weltfromm; keiner Heiligenwelt entstiegen, aber eine echte Weltheilige.

*Deutsche Metaphysik*

Als ironischen Nachklang an die romantisch-unbestimmte Metaphysik der weltflüchtigen Heldin Kleists (oder ihrer Ausleger?) könnte man, neben präziseren Bezügen, vielleicht die Schilderung des Veteranentreffens verflossener Jupitergespielinnen auffassen (*Abstrakte Begriffe dürften, zum Glück, nicht Ihre Stärke sein. Sagt Ihnen das Wort Archetyp etwas, das Wort Ideenträger, das Wort Symbolverstehen?* II,6), jenen allzu literarischen Zirkel, den Giraudoux' Alkmene ebenso suspekt finden mag wie die von ihr abgeschlagene Einladung Jupiters zu noch konkreterer Unsterblichkeit (*Unsterblich werden heißt für einen Menschen, zum Verräter werden*; II,2).
Ja, so weit geht ihr Mißtrauen gegen jede metaphysische oder subjektiv-spekulative Trübung bestehender Realität, daß selbst die Versuchung keine Macht über sie gewinnt, der Kleists Alkmene im »Gesicht der Liebe« unterliegt: nämlich den geliebten Menschen auf seine Möglichkeit zum Vollkommenen hin festzulegen (»Ich hätte für sein Bild ihn halten können, / Für sein

Gemälde, sieh, von Künstlerhand, / Dem Leben treu, ins Göttliche verzeichnet«; II, 4). Dagegen die andere *Alkmene: Ich werde ihn erkennen. – Leda: Sie werden sich täuschen. Für diesmal wird ein Mensch ein göttliches Werk sein. – Alkmene: Eben. Es wird ein vollkommenerer, ein klügerer, ein edlerer Amphitryon sein. Ich werde ihn auf den ersten Blick hassen.* (II, 6.)
Und wo jene an ihrem »innersten Gefühl« irre zu werden droht – in der hilflosen Ahnung, nicht den Gemahl, sondern Jupiter umarmt zu haben –, weiß diese, unter entschlossenem Verzicht auf jede Art von Innerlichkeit, in der Umarmung mit dem Probanden (III, 5) ein von wenig idealistischer Tradition belastetes, aber um so zuverlässigeres, weibliches Kriterium zu aktivieren, das den Sachverhalt ganz zweifelsfrei aufklärt: *Alkmene: Und dieses Wohlbehagen, diese Zutraulichkeit, die mein Körper für Sie empfindet – woher kommt das? Ich fühle mich so leicht in Ihren Armen, als käme diese Leichtigkeit von Ihnen. – Jupiter: Ja, wir verstehen uns wirklich gut. – Alkmene: Nein, wir verstehen uns schlecht. (...) Aber unsere Körper verstehen sich. Beide sind sie noch magnetisch aufeinander eingestellt, wie die der Gymnasten nach ihren Spielen. Wann hat es stattgefunden, unser Spiel? Gestehen Sie's.* – Eine Überführung, die, die Technik der Kleistschen Verhör-Szenen aufnehmend, aus deren Abstraktionen nachdrücklich ins Konkrete zurückweist.
Aus solcher unbeirrten Solidarität mit der Wirklichkeit erklärt sich ihre Überlegenheit über den Theatergott. Die inquisitorisch peinigenden Verhöre, die Kleists Jupiter mit seinem auf den Gesichtskreis bedingungsloser Subjektivität reduzierten Geschöpf veranstaltet, scheinen umfunktioniert in eine Art Nachhilfeunterricht in Phänomenologie, die die schulmeisterlichen Fragen Jupiters unermüdlich zurückgehen läßt – in der Form zu bewältigender Lernprozesse (I, 6; II, 2; III, 5).

## *Die Götter*

Mit diesem Geschöpf kann der Himmel nur durch trickreiche Unritterlichkeit fertigwerden; eine Rolle als sittliche, religiöse

oder anderswie metaphysische Instanz spielt er gewiß nicht mehr.
Gleich zu Anfang erweist sich im Gegenteil etwa die olympische Allmacht und Allwissenheit – dargestellt am Mauern und Wände durchdringenden Blick des göttlichen Augenlichts – als schulbubenhafte Schlüssellochperspektive, die nur ausschnitthaft wahrzunehmen vermag: Alkmenes Nacktheit etwa, nicht ihre Person – und demzufolge nur analoge Wünsche entstehen läßt: sie zu besitzen etwa, nicht, sie zu kennen. Immer wieder wird Jupiter kapitulieren müssen, solange er sich auf seine überirdische Souveränität verläßt und nicht auf die von Alkmene nahegelegten Lernprozesse in rebus humanis. Die Ohnmacht des Allmächtigen: *Sie berühren mit Händen, die sie nicht sieht? Und an mich reißen in eine Umarmung, die sie nicht spürt?*, an die Weheklage des Kleist-Gottes über die Öde des Olymp erinnernd, ist in einem späteren Stück Giraudoux' bereits zur Todesstarre des Schattenbewohners geworden, der auf unrechtmäßige Weise, als Gespenst, über ein junges Mädchen Berührung mit der Welt des Lebendigen gewinnen will (*Intermezzo*, 1933); dies jedoch ein Ton, der im Lustspiel noch nicht aufgenommen wird. – Dem religiösen Appell dieses Götterhimmels, dem Kleists Heilige, wenngleich in sehr romantischer Frömmigkeit (und nach Giraudoux wieder die Fürbitterin in *Georg Kaisers* Spiel *Zweimal Amphitryon*, 1948) so zugänglich ist, antwortet nichts als selbstbewußte Beschränkung aufs Irdische, die auch dem *Druckmittel der Götter, Erpressung* gegenüber standhaft bleibt. Man kann unter diesem Himmel auf gewissermaßen politischem Sektor bei aller Standhaftigkeit zwar vorerst den kürzeren ziehen (III, 3, 4), aber nichtsdestoweniger großmütig darauf verzichten, *es unserem Schöpfer so unter die Nase zu reiben, daß er die Welt verpfuscht hat! Er kann sehr nett sein, warum? Weil er sie für vollkommen hält. Aber wenn er uns krummbeinig und einarmig sieht* (III, 1), dann scheint wohl auch politisches Verhalten am angemessensten. Wenn er nun, als himmlischer Inspektor, *verlangt, gerade die Unglücklichen, die Elenden von Theben kennenzulernen,* dann ist *das Wichtigste dabei* (,...) *daß*

*besagte Elende ihm eine möglichst erhabene Vorstellung von dem menschlichen Elend vermitteln.* (III,1.) So muß denn der Trompeter, einer der heimlichen Spielleiter in Giraudoux' Stükken – zur Inspektion und Apotheose die Schöpfung, *aus deren Verwirrung die Menschen selber herausfinden müssen,* ein wenig unterstützend –, ein leicht manipuliertes Aufgebot an Lahmen und Stummen in Szene setzen: Tänzerinnen und Sängerinnen.

Abgesehen von solchen gelegentlichen Interventionen des Himmels, ist (wenigstens) mit ihm gut auszukommen: *Ich bin froh, ein Geschöpf zu sein, das die Götter nicht vorgesehen haben... Über dieser Freude fühle ich nicht einen Gott schweben, sondern einen offenen Himmel sich spannen.* (I, 6.) Bereits im folgenden Theaterstück – *Judith,* Erstaufführung 1939 – wird sich dieser Himmel zusehends verschließen: »Die Götter machen unsere arme Welt unsicher, Judith. Von Griechenland bis Indien, vom Norden bis zum Süden kein Land, das nicht von ihnen wimmelte (...). Ich biete dir deine Kindersprache, die Worte Kirsche und Weintraube, in denen noch kein Gott wohnt wie ein Wurm in der Frucht.« (II, 4.)

Nun liegt über *Amphitryon 38* aber olympische Heiterkeit und nicht das Zwielicht jüdisch-christlicher, paulinisch-jansenistischer Theologie, wie sie in manchen Zügen des späteren Werks spürbar wird; Giraudoux hat es – und dies wird noch von Bedeutung sein – selbst in einer solchen ›Kindersprache‹ geschrieben. Und so ist Alkmenes Widerstand – *härter als der Fels. Sie ist der wahre Prometheus* (II, 3) – nicht der rebellischen Aufbegehrens im Sinne des scheinbar befremdlichen Bildes, dessen Jupiter sich hier bedient, sondern geschmeidiger, also zäher. Wenn das Medium des prometheischen Widerstandes das Feuer ist, das, domestiziert, sich vom feindlichen Machtmittel der Götter zum freundlichen Element im Dienst des Menschen wandelt, so wäre das Medium Alkmenes eine Sinnlichkeit (im älteren Wortverstand), die das feindliche Element »Realität« ebenso konkret domestiziert wie Amphitryon (durch seine braven Erfindungen) *den Geschmack der Kirsche, die Natur des Lichtes in meinem Zimmer*: nämlich zu einem durchaus und in jeder Hinsicht anthropomorphen Element, mit dem – bei offenem Himmel – Solidarität möglich ist.

Diese beiden höchst irdischen Wahrnehmungs- und Verhaltensformen, Sinnlichkeit (etwa: »Vergnügen an der Realität«) und Solidarität (für Alkmene folgt eines aus dem andern), sind dabei den Göttern in ihrer distanzierten Überwirklichkeit bestenfalls aus der Mauerschau zugänglich, wie etwa in der erwähnten Eingangsszene, die Götter- und Menschenwelt im vorhinein reinlich scheidet. Den Ausdruck der Wahrnehmungsform hat man als »ein weltliches Äquivalent der Litanei: die Aufzählung« (etwa in I, 3, 6), den der Verhaltensform als »Weltfrömmigkeit« bezeichnet (nach: Chris Marker, Jean Giraudoux. Reinbek 1962, S. 23).

Alkmenes Widerstand also ist aufs höchste untheologisch; und jede in entgegengesetzte Richtung weisende Wendung des Dialogs: *Alkmene! Teure Alkmene! Die Götter erscheinen in ebender Stunde, da wir sie am wenigsten erwarten* wird entweder durch die überzeugendste Pirouette abgebrochen: *Amphitryon, teurer Gemahl! Die Frauen entschwinden im Augenblick, da wir sie sicher zu halten meinen!* oder aber diplomatisch auf ein Terrain hinübergezogen, das sie als *ihre* Domäne kennt: *Jupiter: Was für eine göttliche Nacht! – Alkmene: Sehr einfallsreich bist du nicht heute morgen. – Jupiter: Ich sagte »göttlich«! – Alkmene: Wenn du sagst »ein göttliches Mahl«, »eine göttliche Ochsenlende«, das mag noch angehen; du brauchst nicht ununterbrochen sprachschöpferisch tätig zu sein … Aber für diese Nacht, da hättest du schon etwas Besseres finden können. (…) Nein, wenn ich ihr ein Prädikat geben sollte, so müßte ich sagen: ehelich war sie.* (II, 2.) Wo Jupiter, wie maieutisch immer suggerierend, ein wohltuendes Wort der Anbetung erhaschen möchte, bleibt die Sache allemal im Verbalen stecken oder wird gar zum Kompliment aus dem falschen Winkel. Und als er dann, unter einem Vorwand – *Wie schön du die Namen der Götter sprichst!* –, aus ihrem Munde wenigstens seinen Namen ein paarmal hören möchte, sieht er sich aufs gründlichste selbst in besagten Winkel abgeschlagen: *Aber am liebsten nenne ich sie so, wie sie zusammengehören, in Paaren: Mars und Venus, Jupiter und Juno...* (II, 2.)

*Das Paar*

Dies ist die Basis für Alkmenes Widerstand gegen die Götterwelt: menschliche Solidarität in ihrer intimsten Form, der Ehegemeinschaft.
Das bewußt-unbewußte Spiel mit der göttlich-menschlichen Dreierbeziehung, von Molière im Sinne der kasuistischen Differenzierung zwischen Geliebtem und Gemahl auf die gesellschaftliche Praxis seiner Zeit bezogen, wurde von Kleist bereits nur widerwillig in die Übersetzung übernommen; in deren frei gestalteten Partien wird mit der skeptischen und für die lockere Gesellschaftskomödie gerade rechten Ehemoral Molières gründlich abgerechnet.
Giraudoux' Götter endlich haben sich bezüglich ihrer weltmännischen Ehebruchsroutine mit weiblicher Tugend, die nur von *angelehnten Türen* lebt (I, 1), in diesem Fall ganz offensichtlich zuviel zugetraut. Freilich ist Alkmenes Tugend in einem weiteren Sinne moralisch als die muffige Enge jeder »Ehemoral«: *Laß zwischen uns beiden den schönen Abstand, diesen Spielraum der Zärtlichkeit, wie ihn Kinder und Katzen und Vögel zwischen wahren Gatten gern sehen.* (III, 3.) Dieser Abstand stellt keine Lücke dar, in der Untreue Platz finden könnte, wohl aber den *Spielraum,* der nötig ist, damit Freundschaft und Gemeinschaft Schwächerer Zuflucht finden und weiter um sich greifen können. Die Gemeinschaft dieses Menschenpaars ist eine – die erotische – Form menschlicher Solidarität, der die andere, *zarter als Liebe und stärker* – die Freundschaft – kaum nachsteht. Ihr, dem Abschiedsgeschenk Alkmenes an Jupiter, sehen die Götter ebenso ohnmächtig und neidisch zu wie in der Eingangsszene dem Phänomen ehelicher Liebe: beide sind gleichermaßen nur teichoskopisch wahrnehmbar, durchs Schlüsselloch göttlicher Astronomie: *Manchmal sehen wir, von unserer Erdwarte aus,*

*zwei Wesen sich absondern und zusammenhalten, ohne ersichtlichen Grund, denn es scheint zwischen ihnen nichts Gemeinsames zu geben: einen Minister, der alle Tage einen Gärtner besucht...* (III, 5.)

Für Alkmene ist solche Solidarität, die sie, im Verzicht auf die angebotene Unsterblichkeit, mit dem Tode zu bezahlen bereit ist, lebensnotwendig; um so mehr die Solidarität der Liebe. So bedeutet die eheliche Verbundenheit für sie nichts Geringeres als *jene Jungfräulichkeit vor Gott, die eine Frau unter allen Umarmungen ihres Gatten sich zu bewahren hat...* (III, 1.) *Man fragt sich manchmal, woran diese jungen Frauen wohl denken, die immer lachen, immer gut aufgelegt sind und so schön rund um die Hüften, wie du es nennst. Vielleicht daran, wie sie am besten sterben könnten, ohne viel Aufhebens und ohne Umstände, wenn ihre Liebe beleidigt wird oder enttäuscht.* (II, 2.)

Aber – und dies ist ein völlig neuer Zug, der den Amphitryon-Stoff einem anderen, dem Mythos ehelicher Liebe übers Grab hinaus, näherrückt – nicht nur das Menschenpaar selbst begreift seine Gemeinschaft als so unbedingt; deren tiefer Ernst hat auch den Störenfried selbst längst überzeugt. Nicht ganz ohne Pathos lautet Jupiters feierliche Verkündigung: *Ich liebe ja nicht Alkmene allein... Ich liebe euch beide, als Paar. Ich liebe diese zwei schönen und starken Leiber, die ihr hier am Beginn der Menschenzeit über den Bug der Menschheit ragt wie zwei geschnitzte Gallionsfiguren. Ich möchte mit euch im Bunde sein.* (III, 4.) So schiebt sich über das ursprüngliche Bild des Mythos – das Liebespaar, dessen Eintracht durch die göttliche Einmischung gefährdet wird – allmählich das entgegengesetzte von den beiden mythischen Alten, deren Liebe von den Göttern geheiligt wird: *.... wenn wir einst alt und grau sind, wird sich ein Gott finden, der mein Gebet erhört und uns den Lebensabend verlängert, indem er uns in zwei Bäume verwandelt gleich Philemon und Baucis.* Das ist der Abschiedswunsch Alkmenes, als Amphitryon in den von den Göttern angezettelten Krieg zieht (I, 3) – der gleiche wie in dem Augenblick (in der Parallelszene III, 3), als es

mit dem Abschied ganz ernst zu werden scheint und sie, zum Sterben bereit, die illusionär gewordene Hoffnung im Spiel mit der Illusion realisiert: ... *laß uns gemeinsam jetzt einen Augenblick von diesem Lebensabend kosten. Bilden wir uns ein, wir hätten nicht diese zwölf Monate hinter uns, sondern viele, viele Ehejahre. Hast du mich geliebt, mein lieber Alter?*
Und über dieser Idylle ehelicher Verbundenheit, der kleinen *Lichtung der Treue*, wird sich der Vorhang senken: das letzte Wort der Menschen gegen die Götterwelt.

### *»Der glückliche Dichter«*

Das letzte Wort der Menschen gegen die Götterwelt: Ehe? Das Feuer Prometheus' als kleine Flamme dauerhaften Glücks? »Philemon und Baucis«: ein Titel, unter dem Adorno den pastoralen Anstrich dieser unbarmherzigsten psychischen Binnenstruktur, innerhalb derer Macht ausgeübt werden kann, in seiner Scheinheiligkeit entlarvt; ganz zu schweigen von den unzähligen Angriffen, die sich seit Jahrzehnten gegen die heillos überforderte Institution richten – einer Kritik, die Karl Kraus mit seiner bösartigen Übersetzung des Fremdworts Monogamie als »Einheirat« unter einem heute nahezu harmlos gewordenen Aspekt zusammenfaßte.
Also – Schauspiel: *Amphitryon 38*; Kammerspiel: *Wer hat Angst vor Virginia Woolf?* – ?
Den »glücklichen Dichter Jean Giraudoux« (kritisch Hans Mayer) auf das bewußte Positive festzulegen heißt, ihn (nicht nur aus historischer Sicht) mißverstehen. Zur Rehabilitierung eine angemessen pessimistische Weltsicht seines Werks zu rekonstruieren ist nicht vonnöten; sie kommt rasch unter der dünnen Schicht distanzierter »Höflichkeit gegenüber der Schöpfung« zum Vorschein, die dem Diplomaten Giraudoux zulässig schien. Was gar die Tragfähigkeit menschlicher Ehegemeinschaft gegenüber dem Verhängnis angeht, so ist darüber im Drama *Sodom und Gomorrha* (1943) – und auch da keineswegs nur aus verändertem Zeitgeschehen – in einem anderen Ton die Rede.

Um dieses Amphitryon-Spiel (Ehe als Allheilmittel, ein flinker Krieg ohne Tote) nicht falsch zu verstehen, wäre nochmals die programmatische Verkündigung Jupiters heranzuziehen, in der dieser, ähnlich wie zuweilen der Jupiter Kleists, ein wenig als Sprachrohr figuriert. Im Bild von den *schönen und starken Leibern* (das Unbehagen rechtfertigt sich erst einige Jahre darauf) des mythischen Paars steckt eine unmißverständliche Zeitangabe: *hier am Beginn der Menschenzeit.*

Am Beginn der Menschenzeit steht die ungeschichtliche: paradiesische Existenz des biblischen ersten Menschenpaares. Mithin wäre auch dieses andere, weltlichere Paar, das dem Sündenfall auf seine Weise standgehalten hat, aus einer solchen Perspektive zu sehen. Zwar bleibt in jeder Zeile des Spiels die Absicht spürbar, den Mythos vom metaphysisch-theologischen Gewicht seiner Tradition zu befreien; doch scheint über dieser allzuheilen Welt noch der (ironisch-spekulative) Abglanz eines goldenen Zeitalters *vor* dem Sündenfall zu liegen: Hinfälligkeit, Irrtum und Bosheit sind zwar durchaus vorhanden, aber keinesfalls irreparabel, selbst der Krieg bleibt zinnsoldatenhaft und ohne ernstlichere Folgen, menschliche Solidarität reicht hin zur Abwehr jener Mächte, die sich in der Welt einnisten wollen »wie ein Wurm in der Frucht«. Das Paar, das eine solche Welt repräsentiert, hat alles mit einem märchenhaften *Beginn der Menschenzeit,* nichts mit einem soziologischen Begriff gemein.

Wäre damit der Komödienschluß gerechtfertigt?

Eher stellt sich die Frage, ob es sich um einen solchen handelt. Denn die Versöhnung: die zwischen Menschen- und Götterwelt bleibt aus; die scheinbar bescheidene Bitte Jupiters: *Ich möchte mit euch im Bunde sein* wird, bei aller Freundschaft, zurückhaltend beantwortet und auch, nachdem still *mit einem Vergleich die Geschichte ins reine* gebracht ist, wohl kaum revidiert: *Wir fühlen uns Ihnen verbunden.* Ebenso wie die beiden Freunde in Schillers Gedicht auf die Schlußbitte des Tyrannen, der diese Freundschaft nur zufällig nicht vernichtet hat, zumindest im Druckbild ihre Antwort schuldig bleiben, wird auch dieser

Bund mit den Mächtigen einem eher skeptischen als lustspielhaften Aktschluß anheimgestellt.
Und das Schlußtableau?
Der behutsamen und vielleicht ein bißchen wehmütigen Geste des Autors bleibt es hinter dem Arm Jupiters überlassen, mit diesem lebenden Bild göttertrotzender Solidarität der Menschen untereinander – und seien es auch nur zwei – keine Siege zu feiern, sondern einen neuen, zerbrechlicheren, beinahe stillebenhaften Mythos ironisch-diskret *mit Samt einzufrieden.*

# Französische Literatur

IN RECLAMS UNIVERSAL-BIBLIOTHEK

Anouilh: *Jeanne oder Die Lerche.* 8970

Apollinaire: *Les Mamelles de Tirésias / Die Brüste des Tiresias.* Zweispr. 8396 [2]

Balzac: *Eugénie Grandet.* 2108 [3] – *Oberst Chabert.* 2107 [2]

Baudelaire: *Les Fleurs du Mal / Die Blumen des Bösen.* Zweispr. 9973 [6]

Butor: *Fluglinien.* 9314

Chamfort: *Früchte der vollendeten Zivilisation.* Zweispr. 9864 [2]

Chateaubriand: *René. Atala.* 976 [2]

Chrétien de Troyes: *Erec et Enide / Erec und Enide.* Zweispr. 8360 [6]

Corneille: *Der Cid.* 487

Daudet: *Briefe aus meiner Mühle.* 3227 [3] – *Die wunderbaren Abenteuer des Herrn Tartarin aus Tarascon.* 1707 [2]

Diderot: *Jacques der Fatalist und sein Herr.* 9335 [4] – *Rameaus Neffe.* 1229 [2] – *Das Theater des Herrn Diderot.* 8283 [6]

Dumas: *Die Kameliendame.* 245

Fabliaux: *Schwankerzählungen des Mittelalters.* Altfrz./dt. 8058 [4]

Fénelon: *Die Abenteuer des Telemach.* 1327 [6]

Flaubert: *Madame Bovary.* 5666 [5] – *Salammbô.* 1650 [4]

*Französische Chansons.* Von Béranger bis Barbara. 8364 [6]

*Französische Poetiken I* 9789 [4], *II* 9790 [5]

Gide: *Die Pastoral-Symphonie.* 8051

Giraudoux: *Amphitryon 38.* 9436 [2] – *Die Irre von Chaillot.* 9979 – *Undine* 8902.

Ionesco: *Die kahle Sängerin.* 8370 – *Die Stühle. Der neue Mieter.* 8656 [2]

*König Artus und seine Tafelrunde.* 9945 [10]

La Fayette: *Die Prinzessin von Clèves.* 7986 [3]

La Fontaine: *Fabeln.* Zweispr. 1718 [5]

La Rochefoucauld: *Maximen und Reflexionen.* 678

*Lyrik des Mittelalters.* Probleme und Interpretationen. *Bd. 1: Mittellat. Lyrik. Altprovenz. Lyrik. Mittelalterl. Lyrik Nordfrankreichs.* 7896 [8] – *Bd. 2: Mittelhochdt. Lyrik. Mittelengl. Lyrik.* 7897 [6]

Maeterlinck: *Pelleas und Melisande.* 9427

Marivaux: *Das Spiel von Liebe und Zufall. Die Aufrichtigen.* 8604 – *Verführbarkeit auf beiden Seiten.* 7810

Maupassant: *Bel-Ami.* 9686 [5] – *Fettklößchen.* 6768 – *Der Schmuck. Der Teufel. Der Horla.* 6795

Mérimée: *Carmen.* 1602 – *Mateo Falcone. Das Blaue Zimmer.* Zweispr. 9795

*Mittelalterliche Lyrik Frankreichs. I: Lieder der Trobadors.* Zweispr. 7620 [4] – *II.: Lieder der Trouvères.* Zweispr. 7943 [4]

Molière: *Amphitryon.* 8488 – *L'Avare / Der Geizige.* Zweispr. 8040 [3] – *Der Bürger als Edelmann.* 5485 – *Don Juan.* 5402 – *Der eingebildete Kranke.* 1177 – *Der Geizige.* 338 – *Die gelehrten Frauen.* 113 – *George Dandin.* 550 – *Le Malade imaginaire / Der eingebildete Kranke.* Zweispr. 7697 [3] – *Der Menschenfeind.* 394 – *Les Précieuses Ridicules / Die lächerlichen Preziösen.* Zweispr. 460 – *Scapins Streiche.* 8544 – *Die Schule der Frauen.* 588 – *Tartuffe.* 74 – *Le Tartuffe ou l'imposteur / Der Tartuffe oder Der Betrüger.* Zweispr. 8353 [3]

Montaigne: *Die Essais.* 8308 [5]

Murger: *Boheme.* Szenen aus dem Pariser Künstlerleben. 1534 [5]

Nerval: *Aurelia. Sylvia.* 7958 [2]

Pascal: *Gedanken.* 1621 [2]

Perrault: *Sämtliche Märchen.* 8355 [2]

*Phantastische Geschichten aus Frankreich.* 9869 [3]

Prévost: *Manon Lescaut.* 937 [3]

Racine: *Britannicus.* Zweispr. 1293 [3] – *Phädra.* 54

Rimbaud: *Une Saison en Enfer / Eine Zeit in der Hölle.* Zweispr. 7902 [2]

Robbe-Grillet: *Die Jalousie oder die Eifersucht.* 8992 [2]

Rodenbach: *Das tote Brügge.* 5194

Rostand: *Cyrano von Bergerac.* 8955 [2]

Rousseau: *Emile oder Über die Erziehung.* 901 [10]

Saint-Exupéry: *Durst.* 7847

Saint-Simon: *Erinnerungen.* Der Hof Ludwigs XIV. 7954 [5]

Sartre: *Die ehrbare Dirne.* 9325

Scarron: *Die Komödianten.* 7999 [5]

Scribe: *Das Glas Wasser.* 145

Staël: *Über Deutschland.* 1751 [5]

Stendhal: *Die Äbtissin von Castro. Vanina Vanini.* 5088 [2]

Voltaire: *Candid.* 6549 [2] – *L'Ingénu / Der Freimütige.* Zweispr. 7909 [3]

Zola: *Das Fest in Coqueville. Die Überschwemmung.* 4142 – *Germinal.* 4928 [7] – *Thérèse Raquin.* 9782 [4]

Philipp Reclam jun. Stuttgart